Collection folio junior

Dino Buzzati, né à Belluno en 1906, est certainement l'un des écrivains italiens les plus importants de sa génération. Parallèlement à son activité de romancier, il était journaliste, notamment dans le plus grand quotidien de la péninsule, *Corriere della Sera*. Ce métier ne fut pas étranger à l'immense curiosité qu'il manifestait pour les êtres et les choses. La réalité le tenait en alerte ; mais il était surtout sensible à ses aspects insolites ou cocasses. De là l'atmosphère étrange qui règne dans la plus grande partie de son œuvre, dont son roman le plus célèbre : *Le Désert des Tartares*, paru en 1940.

Dino Buzzati aimait dessiner lui-même les héros de ses histoires. Peintre amateur, il s'intéressait également aux bandes dessinées (il en publia d'ailleurs une, *Poèmes-Bulles*), aux collages. Il est ainsi l'auteur des illustrations que vous allez retrouver dans *La Fameuse Invasion de la Sicile par les ours*, qui paraît en 1965.

Dino Buzzati meurt à Milan en 1972.

Claude Lapointe a réalisé la couverture de ce livre. Né en 1938 à Rémilly, en Moselle, il a suivi les cours de l'école des beaux-arts de Nancy, puis ceux de l'école des arts décoratifs de Strasbourg. Illustrateur, il anime aussi depuis 1973 l'atelier d'illustration de cette école et forme de nombreux élèves à cet « art à part entière », qu'il défend avec passion. Claude Lapointe a obtenu de nombreuses distinctions, dont le grand prix graphique de la foire de Bologne en 1982. Pour Folio Junior, il a illustré, entre autres, *Le Roi Mathias I*er de Janusz Korczak, *La Guerre des boutons* de Louis Pergaud, *Les Aventures de Tom Sawyer* de Mark Twain et *Le Cygne* de Roald Dahl.

Titre original :
La famosa invasione degli orsi in Sicilia

ISBN 2-07-051365-3
Loi n° 49-956 du 16 juillet 1949
sur les publications destinées à la jeunesse

© Aldo Martello, Milan, 1965, pour le texte
© Éditions Stock, 1968, pour la traduction française
© Éditions Gallimard, 1988, pour le supplément
© Éditions Gallimard Jeunesse, 1997, pour la présente édition
Dépôt légal : février 1999
1er dépôt légal dans la même collection : juin 1988
N° d'édition : 90488 - N° d'impression : 45789
Imprimé en France sur les presses de l'imprimerie Hérissey

Dino Buzzati

La fameuse invasion de la Sicile par les ours

Traduit de l'italien
par Hélène Pasquier

Illustrations de l'auteur

LYCÉE FRANÇAIS

CHICAGO

Stock

Dans la nuit des temps, sur les antiques montagnes de Sicile, deux chasseurs capturèrent l'ourson Tonin, fils de Léonce, Roi des ours. Mais ceci se passait quelques années avant le début de notre histoire.

Les personnages

LE ROI LÉONCE. Roi des ours, fils d'un roi qui lui-même avait un roi pour père; ours, par conséquent de grande noblesse. Il est grand, fort, courageux (et, qui plus est, intelligent, quoique à un degré peut-être moindre). Nous espérons que vous l'aimerez. Son pelage est magnifique, et il en tire un juste orgueil. Ses défauts? Il est peut-être un peu naïf, et nous le verrons parfois assez ambitieux. Point de couronne sur la tête : il ne se distingue des autres, outre l'ensemble de sa personne, que par un grand sabre qu'il porte en bandoulière. Précisément pour le rôle qui a été le sien lors de l'invasion de la Sicile, il restera dans la mémoire des hommes; ou du moins le mériterait-il.

TONIN. Le jeune fils du Roi Léonce. Nous ne pouvons en dire grand-chose. Il était encore très petit lorsqu'il fut capturé par deux chasseurs qui l'emmenèrent dans la plaine. Dès lors, nul n'entendit plus parler de lui. Quel sort aura été le sien?

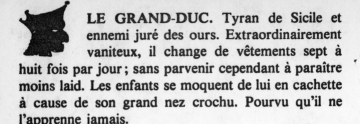

LE GRAND-DUC. Tyran de Sicile et ennemi juré des ours. Extraordinairement vaniteux, il change de vêtements sept à huit fois par jour ; sans parvenir cependant à paraître moins laid. Les enfants se moquent de lui en cachette à cause de son grand nez crochu. Pourvu qu'il ne l'apprenne jamais.

LE PROFESSEUR DE AMBROSIIS. Personnage extrêmement important, dont vous ferez bien de retenir tout de suite le nom. Il était astrologue de cour, autrement dit, il étudiait, chaque nuit, les étoiles (à moins qu'il n'y eût des nuages) et, selon leur position, il annonçait au Grand-Duc les événements avant qu'ils ne se produisissent ; ceci grâce à des calculs extrêmement difficiles, du moins d'après lui. Naturellement, ça ne marchait pas toujours ; quelquefois il tombait pile, quelquefois, non. Récemment, bien qu'ayant deviné juste, il a mis le Grand-Duc dans une colère terrible — nous verrons pourquoi — et il a été chassé du palais de belle manière. En outre, De Ambrosiis se prétend magicien et enchanteur ; jusqu'à présent, il ne l'a jamais prouvé. La vérité, c'est qu'il possède une baguette magique dont il est fort jaloux et dont il ne s'est jamais servi. Il semble, en fait, que cette baguette ne puisse servir que deux fois, après quoi elle n'est plus bonne qu'à être jetée aux ordures. De l'extérieur, à quoi ressemble le professeur De Ambrosiis ? Très grand, maigre, dégingandé, avec une longue barbe pointue. Sur la tête, un haut-de-forme démesuré, sur le dos, une très vieille houppelande archicrasseuse. Gentil ? Méchant ? Vous en jugerez par vous-mêmes.

L'OURS SALPÊTRE. L'un des plus distingués, intime du Roi Léonce. Il est d'une grande beauté et plaît beaucoup aux oursonnes. Toujours élégant, beau parleur, il aimerait accéder aux plus hautes charges de l'État. Mais quelle charge Léonce pourrait-il lui confier, dans la solitude des montagnes désertes? Non, il n'est pas fait pour la vie rude des monts et des glaciers. Salpêtre ne se sentirait à son aise que dans le grand monde, au milieu des réceptions, des bals, des festins.

L'OURS BABBON. Gigantesque, peut-être le plus grand de tous (on dit qu'il dépasse le Roi Léonce de toute une tête!). De plus, très valeureux au combat. Sans sa providentielle intervention, l'invasion de la Sicile se serait terminée, avant même que de commencer, par un fiasco abominable.

L'OURS THÉOPHILE. Peut-il y avoir plus grand sage? Il a l'expérience des ans. Le Roi Léonce lui demande souvent conseil. Dans notre histoire, il n'apparaîtra que quelques minutes, pas même en chair et en os, comme vous verrez. Mais il est tellement bien que ce serait méchant de ne pas le citer.

L'OURS ÉMERI. De condition modeste, mais d'âme généreuse, et plein de bonne volonté. Le plus souvent, il se tient à l'écart, perdu dans des rêves merveilleux, pleins de batailles et de gloire. Deviendront-ils réalité? Sauf erreur, un jour ou l'autre, il fera parler de lui.

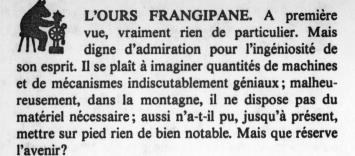

L'OURS FRANGIPANE. A première vue, vraiment rien de particulier. Mais digne d'admiration pour l'ingéniosité de son esprit. Il se plaît à imaginer quantités de machines et de mécanismes indiscutablement géniaux ; malheureusement, dans la montagne, il ne dispose pas du matériel nécessaire ; aussi n'a-t-il pu, jusqu'à présent, mettre sur pied rien de bien notable. Mais que réserve l'avenir ?

L'OURS JASMIN. Doué d'un rare sens de l'observation, il lui arrive de voir ce que des gens plus instruits que lui ne voient pas. Un beau jour, il deviendra une sorte de détective amateur. Une brave bête, à laquelle on peut faire entièrement confiance.

LE SIRE DE MOLFETTE. Prince d'une certaine importance, cousin et allié du Grand-Duc. Il dispose d'une armée tout à fait étrange et redoutable, telle qu'aucun autre monarque n'en possède. Pour l'instant, nous ne pouvons rien vous dire de plus. Même si vous insistez.

TROLL. Vieil ogre perfide qui habite le château du Tramontin. Il se nourrit de préférence de viande humaine, tendre si possible (mais aussi d'ours, à l'occasion). Tout seul, vieux comme il est, il n'arriverait probablement pas à se la procurer ; c'est précisément pourquoi il a pris à son service le Croquemitaine en personne.

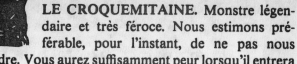

LE CROQUEMITAINE. Monstre légendaire et très féroce. Nous estimons préférable, pour l'instant, de ne pas nous étendre. Vous aurez suffisamment peur lorsqu'il entrera brusquement en scène. Inutile de vous effrayer d'avance. Comme disait si justement ce cher ours Théophile, il est toujours assez tôt pour les choses tristes.

LE SERPENT DE MER. Autre monstre, encore plus gigantesque et non moins dangereux ; en revanche, il est plus propre, vivant toujours dans l'eau. Il a la forme d'un serpent, comme son nom l'indique, mais avec la tête et les dents d'un dragon.

LE LOUP-GAROU. Troisième monstre. Il peut se faire qu'il n'intervienne pas dans l'histoire, il ne devrait même pas intervenir si nous sommes bien renseignés. Mais on ne sait jamais. Il pourrait survenir d'un instant à l'autre dans le récit. Et, à ce moment-là, de quoi aurions-nous l'air?

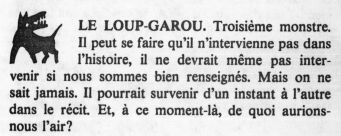

FANTÔMES DIVERS. D'aspect inquiétant, mais inoffensifs. Ce sont les esprits des hommes et des ours morts. On les distingue difficilement les uns des autres. En effet, lorsqu'ils se changent en spectres, les ours perdent leur poil et leur museau s'aplatit ; en conséquence, ils diffèrent peu des spectres humains. Les fantômes des ours sont cependant un peu plus gros. Dans l'histoire, il y aura également le fantôme, très petit, d'une vieille horloge.

 LE VIEUX DE LA MONTAGNE. Génie puissant des monts et des glaciers ; de tempérament facilement irascible. Personne d'entre nous ne l'a jamais vu, et personne ne sait exactement où il se trouve ; cependant nous pouvons être sûrs qu'il existe. Par conséquent, autant se le ménager.

 UN HIBOU. On entendra sa voix, un instant, dans le chapitre 2. Caché au plus profond des bois, nous ne pourrons le voir, d'autant que le crépuscule sera déjà tombé. Le portrait que vous voyez ci-contre est donc entièrement d'imagination. Le hibou ne fera que chanter une de ses petites cantates mélancoliques. Ce sera tout.

Les décors

Nous verrons d'abord les montagnes majestueuses de la Sicile, lesquelles, cependant, n'existent plus aujourd'hui (tant d'années ont passé!). Entièrement couvertes de neige.

Puis nous descendrons vers la vallée verdoyante, avec ses bourgades, ses rivières, ses forêts pleines d'oiseaux, ses petites maisons disséminées çà et là : un paysage d'une grande beauté.

Mais, aux flancs de la vallée, se dressent encore d'autres monts, moins élevés, moins abrupts que les premiers, néanmoins eux aussi pleins d'embûches : châteaux hantés, par exemple, grottes habitées par des dragons venimeux, d'autres châteaux encore, peuplés d'ogres, etc. Autant dire qu'il vaut toujours mieux rester sur ses gardes, surtout la nuit.

Petit à petit, on approchera ainsi de la fabuleuse capitale de la Sicile, aujourd'hui disparue de la mémoire des hommes (tant d'années ont passé!).

Elle est entourée de murs extrêmement hauts et de citadelles fortifiées. La forteresse principale se nomme Château du Cormoran. Et là, il s'en passera de belles.

Nous entrerons enfin dans la capitale, renommée dans le monde entier pour ses palais de marbre citron, ses tours grimpant jusqu'au ciel, ses églises couvertes d'or, ses jardins toujours fleuris, ses cirques équestres, ses parcs d'attractions, ses théâtres. Le Grand Théâtre Excelsior est le plus beau de tous.

Et les montagnes d'où nous sommes partis? Les reverrons-nous jamais, nos vieilles montagnes?

Chapitre
premier

Et, à présent, bouche bée, écoutons.
De la Sicile, par les ours, la fameuse invasion.

Ceci se passait il y a bien longtemps
Les bêtes étaient bonnes, les hommes barbares en
  ce temps.

La Sicile n'était pas comme elle est à présent,
Elle était alors faite différemment,
De hautes montagnes s'élevaient vers le ciel
Dont les sommets étaient couverts de gel
Et, au milieu des montagnes, des volcans,
De la forme des pains de sucre d'antan,
L'un, entre autres, particulièrement beau,
Avait une fumée semblable à un drapeau,
Comme un possédé, il hurlait toute la nuit,
On peut l'entendre encore hurler ces jours-ci,
Et là, il y avait des repaires profonds
Où vivaient les ours, mangeant des marrons,
Des champignons, des truffes, du genièvre, du thym
Dont ils se nourrissaient jusqu'à plus faim.

Bon. Bien des années auparavant, alors que le Roi des ours, Léonce, était allé ramasser des champignons avec son jeune fils Tonin, deux chasseurs avaient enlevé l'enfant. Le père s'étant éloigné un instant le long d'un à-pic, ils avaient surpris l'ourson seul et sans défense, l'avaient ligoté comme un vulgaire paquet et fait descendre, le long des précipices, jusqu'au fin fond de la vallée.

Tonin! Tonin! appelle-t-il fort
Pauvre, le temps lui paraît bien long!
Seul l'écho des cavernes répond
Et autour un silence de mort.
Où peut-il être, se demande-t-il
L'aurait-on emmené en ville?

Finalement, le Roi retourna dans sa tanière, et raconta que son fils était tombé d'un rocher et qu'il était mort. Il n'aurait pas trouvé le courage de dire la vérité. Un ours ordinaire aurait déjà eu honte, mais pensez donc, un Roi! En fin de compte, il se l'était tout bonnement fait voler.

De ce jour, Léonce n'avait plus connu la paix. Combien de fois n'avait-il pas envisagé de descendre parmi les hommes, pour y chercher son fils? Mais comment faire, tout seul? Un seul ours, au milieu des hommes? Ils l'auraient tué ou enchaîné, et bonsoir! Ainsi, les années passaient.

Et voilà que survint un hiver comme on n'en avait jamais connu de semblable. Un froid tel que les ours eux-mêmes claquaient des dents sous leur épaisse fourrure. Une neige qui couvrait jusqu'au dernier brin d'herbe, au point qu'il n'y avait plus rien à manger. Une faim qui faisait pleurer, durant des nuits entières, les oursons les plus jeunes et leurs aînés aux nerfs fragiles. On n'en pouvait plus! Jusqu'au moment où quelqu'un proposa : Et si nous descendions dans la plaine? On voyait, par les belles matinées, le fond de la vallée, vierge de gel, avec les maisons des hommes, et des fumées qui s'échappaient des cheminées, signe que l'on y préparait quelque chose à manger. On aurait dit que là-bas était le paradis. Et les ours, du haut de leurs talus, restaient des heures à le regarder, en poussant de longs soupirs.

« Descendons dans la plaine. Plutôt se battre avec les hommes que se laisser mourir de faim ici », disaient les plus courageux parmi les ours. Et l'idée, à vrai dire, ne déplaisait pas au Roi Léonce ; il pourrait en profiter pour essayer de retrouver son fils. Si son peuple tout entier descendait en force, les dangers seraient moindres. Les hommes y regarderaient à deux fois avant d'affronter pareille armée.

Mais les ours, et le Roi Léonce avec eux, ne connaissaient pas les hommes, leur méchanceté, leur malice ; ils ignoraient de quelles armes redoutables ils disposaient, quels pièges ils étaient capables de dresser pour s'emparer des bêtes. Les ours ne savaient pas, les ours n'avaient pas peur. Et ils décidèrent de quitter leurs montagnes et de descendre vers la plaine.

A cette époque, le Grand-Duc régnait.
Nous y reviendrons souvent,
Grêle comme une araignée,
Laid, méchant et arrogant,
Qui pourrait aimer ce Grand-
Duc, cet infâme tyran ?

A présent, il faut que vous sachiez que quelques mois auparavant, le Professeur De Ambrosiis, astrologue de cour, avait prophétisé que des montagnes descendrait une armée invincible, que le Grand-Duc serait battu et le pays tout entier livré à l'ennemi.

Le Professeur ne l'avait dit que parce qu'il était sûr de son fait, d'après ses calculs astronomiques. Mais imaginez le Grand-Duc ! Pris d'une véritable rage, il avait fait chasser l'astrologue du palais, après l'avoir fouetté. Néanmoins, étant superstitieux, il avait tout de même ordonné à ses soldats de gagner les montagnes et de tuer tous les êtres vivants qu'ils pourraient y trouver. Ainsi, pensait-il, il ne resterait personne sur les montagnes, et personne ne pourrait en descendre pour conquérir son royaume.

Les soldats partirent donc, armés jusqu'aux dents, et, sans pitié, ils massacrèrent là-haut tous les êtres vivants qu'ils rencontrèrent : de vieux bûcherons, des petits bergers, des écureuils, des loirs, des marmottes, jusqu'à d'innocents petits oiseaux. Seuls réchappèrent les ours, cachés au plus profond des cavernes, et le Vieux de la Montagne, ce grand vieillard mystérieux, qui ne mourra jamais, et dont personne n'a jamais su exactement où il était.

Mais un messager arriva un soir
Annonçant la présence d'un grand serpent noir.
Ce n'était en fait, descendant des monts,
Qu'une longue colonne d'ours, d'ourses, et d'our-
    sons.
« Les ours? rit le Grand-Duc. Ah! Ah! Ah!
Nous verrons bien qui vaincra! »
Bientôt, on entend une fanfare,
C'est l'armée qui se prépare.
En avant, marche! Canaille!
Demain matin, la bataille!
Vous en observez la fureur
Sur le dessin en couleurs [1].
Les ours attaquent d'en haut, le Grand-Duc les
    attend
Et c'est le choc des combattants.

1. Page 25. En couleurs dans l'édition originale *(N. d. E.).*

Mais que peuvent les ours, armés de lances, de
   flèches, de harpons
Contre des fusils, des mousquets, des couleuvrines,
   des canons?
La mitraille crépite, le sang rougit les cimes,
Qui creusera les tombes de tant de victimes?
Le Grand-Duc, par prudence, resté un peu en
   arrière
Observe la scène avec une lunette de verre.
Les courtisans, pour ménager son humeur
Ont gravé sur la lentille un ours qui meurt
Pour qu'en quelque direction qu'il tourne sa lunette
Il ne voie de partout que des lambeaux de bêtes.
« Son Excellence, qu'a-t-elle remarqué?
— Un ours qui a perdu un pied.
— Et à présent, Excellence, quelque nouveauté?
— Deux ours morts, un de chaque côté. »
Alors, le Grand-Duc, en dictateur classique,
Bombarde ses officiers de distinctions honorifiques
« Magnifique! s'exclame-t-il, excellent, très bon! »
Mais il n'a pas aperçu l'ours Babbon.

Car l'ours Babbon, aux membres gigantesques et
au cœur intrépide, accompagné d'une poignée d'ours
d'égal courage, vient, au mépris de tout danger, de
se hisser au haut d'un précipice vertigineux. Là, il
se met à fabriquer d'immenses boules de neige, qu'il
précipite comme autant d'avalanches sur les troupes
du Grand-Duc.

Avec un bruit sourd, les blancs projectiles s'abattent
sur le plus gros des troupes grand-ducales. Là où elles
passent, les terribles masses de neige font place nette.

Poussés par la faim et le froid, les ours descendent vers la plaine et se heurtent aux troupes aguerries du Grand-Duc, accourues pour les repousser. Mais l'intrépidité de l'ours Babbon met en fuite l'armée grand-ducale.

Le tumulte prend une telle ampleur
Qu'un régiment entier aurait pris peur.
La troupe s'étonne, la terreur gagne :
Ce doit être le Vieux de la Montagne!
Cette succession d'avalanches soudaines
Finit par glacer le sang dans les veines.
Sauve-qui-peut! Rester, bernique!
La terreur devient panique
Et à ce sentiment-là
Il n'y a plus personne pour mettre le holà.
On abandonne les morts sur le champ de bataille
Et le Grand-Duc à ses chamailles.
Les ours crient victoire
C'est un beau jour de gloire.

Chapitre
deuxième

Si vous observez très attentivement
Le dessin du combat précédent,
Dans une passe, battue par le blizzard,
Vous distinguerez une figure bizarre
Ce triste personnage est le Professeur De Ambrosiis
(Mais il n'y a pas de rime en osiis.)

Allons, ressaisis-toi, n'es-tu pas nécromant,
Qui transforme, s'il veut, les cailloux en diamants
Les orties en lauriers, et, par métamorphose,
Les cochons en roses?

Hélas! Ce n'est plus aujourd'hui,
Comme au temps de notre mère l'oie
Où une baguette suffit
Pour répandre partout la joie.

La baguette du Professeur
Ne peut servir que deux fois,
Deux fois seulement, après quoi
Elle n'a plus aucune valeur.

Aucun remède ne servirait à rien
Sang de dragon, bec de corbeau bouilli
Deux fois seulement et c'est fini,
Plus de baguette et plus de magicien.

Mais De Ambrosiis a une obsession
Il craint beaucoup la maladie
Et ses deux occasions de magie,
Il les réserve pour sa guérison.

Il pourrait être riche, créer
Des monceaux d'or, manger
Mille choses appétissantes
Il s'en moque comme de l'An Quarante.

Maintenant que nous en avons tout dit,
Reprenons le cours de notre récit.

Au moment où l'armée du Grand-Duc était partie combattre les ours, De Ambrosiis s'était demandé s'il ne tenait pas là une bonne occasion de s'attirer à nouveau la faveur du tyran, et de reprendre sa place à la cour. Qu'il consentît à user d'un sortilège, sur les deux dont il disposait, on était débarrassé des ours, et le Grand-Duc, sur l'heure, lui faisait élever un monument. Aussi était-il aller rôder, discrètement, aux alentours du champ de bataille, prêt à intervenir au moment opportun.

Mais la défaite du Grand-Duc avait été tellement inattendue, tellement foudroyante, que le magicien lui-même s'était laissé surprendre. Il sortait la baguette de sa poche pour sauver le Grand-Duc, que les ours dévalaient déjà les pentes en criant victoire, et que le

Grand-Duc avait pris ses jambes à son cou. Et le magicien s'était immobilisé, la baguette en l'air, séduit par une nouvelle idée : « Et pourquoi donc aiderais-je ce butor de Grand-Duc qui m'a chassé comme un chien? se mit à penser le Professeur. Pourquoi ne deviendrais-je pas plutôt l'ami des ours, qui doivent être de bons gros naïfs? N'aurais-je pas une chance de me faire nommer ministre? Avec les ours, il ne sera pas besoin de gaspiller des sortilèges, quelques mots savants et ils resteront la bouche ouverte, comme autant de nigauds. La voilà, l'occasion rêvée! »

Il rangea alors sa baguette et, le soir, lorsque les ours victorieux se furent installés dans un bois, pour se régaler des vivres que le Grand-Duc avait abandonnés dans sa fuite, lorsque entre les pins monta la lune, inondant les prairies de sa douce lumière (car au fond de la vallée, il n'y avait plus de neige), lorsque, dans la solitude des campagnes, commença de se faire entendre l'appel mélancolique du hibou, le Professeur De Ambrosiis, s'armant de courage, descendit vers les ours, et se présenta au Roi Léonce.

Et comme il parle bien, et quelle science s'échappe de ses lèvres! Il explique qu'il est magicien, nécromant (ce qui, en fait, revient au même), devin, prophète, sorcier. Il dit connaître la magie noire et la magie blanche, savoir lire dans le cours des astres, connaître en somme toutes sortes de choses extraordinaires.

« Parfait, répond le Roi Léonce, avec une grande cordialité, je suis enchanté de ta venue. Car c'est toi qui vas me retrouver mon fils.

— Et où est-il, ce fils? demande le magicien, commençant à soupçonner que les choses pourraient n'être pas aussi simples qu'il se l'était imaginé.

— Belle question! s'exclama Léonce, si je le savais, je n'aurais pas besoin de toi!

— Mais alors, tu voudrais que j'use de magie? balbutie le Professeur, éperdu.

— Eh oui, bien sûr! Où est la difficulté pour un grand savant comme toi? Je ne te demande pas la lune!

— Majesté! supplie alors De Ambrosiis, oubliant tous les airs qu'il vient de se donner, Majesté, c'est ma perte que tu veux! Je ne peux user de magie qu'une seule fois, une seule pour toute mon existence! (Ce disant, il mentait comme un arracheur de dents.) Tu cherches à me perdre! »

Et les voilà partis à discuter, Léonce résolu à se faire dire ce qu'il était advenu de son fils, le magicien décidé à ne pas céder. Les ours, fatigués et rassasiés, s'étaient endormis qu'ils discutaient encore.

La lune atteignit son zénith, commença de décliner; et tous deux discutaient.

La nuit se consuma, petit à petit, et la discussion se poursuivait.

L'aube surgit que le Roi et le magicien étaient encore en train d'argumenter.

Mais comme, dans la vie, les choses arrivent toujours au moment où l'on s'y attend le moins, voilà qu'aux premiers rayons du soleil, d'une hauteur voisine, se leva un gros nuage noir et menaçant, comme une armée en marche.

« Les sangliers! cria une sentinelle postée à la limite du bois.

— Les sangliers? fit Léonce, surpris.

— Les sangliers en personne, Majesté! » répondit

l'ours-sentinelle, consciencieux comme toutes les braves sentinelles.

C'étaient en effet les sangliers du Sire de Molfette, cousin du Grand-Duc, qui arrivaient à la rescousse. Au lieu de soldats, cet important personnage avait instruit une armée de gros porcs sauvages, non seulement féroces et extrêmement valeureux, mais encore célèbres dans le monde entier. Du haut de la colline (où il se tenait éloigné du risque), le Sire de Molfette agitait son fouet. Et les terribles sangliers étaient lancés au galop! Leurs défenses fendaient l'air en sifflant!

Hélas! Les ours dormaient encore. Çà et là, dispersés dans le bois, autour des cendres de leurs bivouacs, ils s'abandonnaient aux doux rêves du matin, qui sont toujours les plus beaux. Le trompette lui-même dormait, et ne pouvait sonner l'alarme. Dans son clairon, abandonné sur l'herbe, le vent frais de la forêt soufflait doucement, modulant une triste ritournelle, un chant léger qui ne pouvait assurément suffire à réveiller les bêtes endormies.

Autour de Léonce, il n'y avait qu'un faible détachement d'ours-fusiliers; les sentinelles de service, armées des mousquets pris au Grand-Duc; personne d'autre.

Les sangliers, têtes basses, se ruaient à l'assaut.

« Que va-t-il se passer? balbutia le Professeur De Ambrosiis.

— Vous le demandez? répondit le Roi Léonce, avec une certaine amertume, nous sommes isolés. Il ne nous reste plus qu'à mourir. Essayons au moins de mourir décemment! (Il tira son épée du fourreau.) Nous mourrons en braves!

— Et moi? supplia l'astrologue. Et moi? »

De Ambrosiis, mourir lui aussi? Dans une série de circonstances aussi bêtes? Il n'en avait aucune envie. Mais les sangliers n'étaient plus qu'à cent cinquante mètres, lancés comme une avalanche.

Alors le magicien fouilla dans ses poches, en tira la baguette magique, prononça à voix basse d'étranges formules, traça en l'air des signes. Oh! la magie était aisée, avec une telle frayeur au ventre!

Et voilà qu'un sanglier, le premier, le plus gros de tous, se détache du sol, et se gonfle, se gonfle, jusqu'à devenir un véritable, un authentique ballon : un magni-

Les sangliers de guerre du Sire de Molfette attaquent les ours par surprise, mais, d'un coup de baguette, l'astrologue De Ambrosiis les change en ballons aérostatiques, que berce doucement la brise. D'où la fameuse légende des sangliers volants de Molfette.

fique ballon aérostatique, qui s'envole vers le ciel. Puis un second, et un troisième, et un quatrième.

A mesure qu'ils arrivaient, les funestes sangliers demeuraient mystérieusement frappés d'enchantement, se gonflaient comme autant de vessies.

Quelle étrange chose que de les voir décoller, entraînés avec les zéphyrs et les petits oiseaux jusqu'au milieu des nuages, doucement bercés par la brise.

Ainsi l'avait voulu le destin. Il avait fallu, une première fois, user de magie, à présent la baguette ne pourrait plus servir qu'une seule fois, un seul coup de baguette, et De Ambrosiis redeviendrait un homme comme les autres, vieux et laid de surcroît. C'était n'être guère payé de tant d'avarice.

En attendant, les ours étaient sauvés. Voici disparu le dernier sanglier, qui n'était plus qu'un minuscule point noir, au sommet de la voûte céleste.

D'où la légende qui fut autrefois faite
Des sangliers volants de Molfette.

Chapitre troisième

Il y avait dans les environs un vieux château, il y en avait même plusieurs en ce temps-là, mais un seul nous intéresse, le château de la Roche-Démon, tout en ruine, affreux et plein de sales bêtes, mais le plus célèbre de tous parce que peuplé de fantômes. Tous les vieux châteaux, comme vous le savez fort bien, abritent un fantôme ou deux, à la rigueur trois. A la Roche-Démon, on n'aurait pas même pu en faire le compte, il y en avait des centaines, sinon des milliers qui, durant le jour, se tenaient cachés ; jusque dans les trous de serrure.

Il y a des mamans qui disent : Je n'arrive pas à comprendre quel plaisir on peut avoir à raconter aux enfants des histoires de fantômes ; cela fait peur et après, la nuit, ils se mettent à hurler quand ils entendent un bruit de souris. Et il se peut que les mamans aient raison. Mais il faut se dire trois choses : d'abord que les fantômes, dans la mesure où il y en a, n'ont jamais fait de mal aux enfants, ils n'ont même jamais fait de mal à qui que ce soit ; ce sont les hommes qui ont décidé d'avoir peur ; les esprits, ou les fantômes, s'ils existent (et au jour d'aujourd'hui, ils ont pratiquement disparu de la surface du globe), sont comme le vent, la pluie, l'ombre des arbres, le chant du coucou le soir, des choses naturelles et innocentes ; ils sont probablement tristes d'être obligés de rester tout seuls dans de vieilles maisons déshabitées et mélancoliques ; et comme ils ne rencontrent presque jamais d'hommes, ils en ont probablement peur, mais si nous leur manifestions un peu plus d'amitié, ils deviendraient très gentils, ou se mettraient volontiers à jouer, à cache-cache, par exemple.

Deuxième chose : la Roche-Démon n'existe plus, la ville du Grand-Duc n'existe plus, il n'existe plus d'ours en Sicile, et cette histoire est maintenant si vieille qu'il n'y a vraiment pas de quoi se frapper.

Troisièmement : c'est ainsi que les choses se sont passées et nous n'y pouvons rien changer.

Sombre et taciturne le château en question
Se dressait lugubre au sommet d'un piton ;
Et soit ignorance, soit superstition,
Il avait mauvaise réputation.
On disait qu'à dormir derrière ces murailles
On vous trouvait matin sans un souffle qui vaille.
Fantômes, revenants, spectres, esprits, apparitions,
La nuit, par pleins bataillons.

Jusqu'à Martonella, le fameux brigand qui se vantait de ne craindre ni Dieu ni Diable, et qu'on avait trouvé raide mort. La vérité, c'est qu'il ne jouait les tyrans et les bravaches que pour autant qu'il avait ses sbires autour de lui, ou qu'il avait bu. Mais là, dans ce manoir délabré et désert, sans personne pour lui tendre un pichet après l'autre, sans compagnon avec qui plaisanter et se donner du cœur, pour la première fois livré à lui-même, Martonella s'était mis à penser à ses affaires, toutes les canailleries qu'il avait commises lui étaient soudain revenues en mémoire, et il se sentait déjà la proie d'un étrange

malaise lorsque par hasard vinrent à passer devant lui les esprits de deux vieux bateliers qu'il avait tués pour les voler. Les deux fantômes ne le regardèrent même pas, ne daignèrent pas même remarquer sa présence, mais la terreur du brigand fut telle qu'il en perdit à tout jamais le souffle. Et, de cet instant, les gens purent à nouveau circuler de nuit dans les rues sans crainte d'être attaqués.

Ceci dit, le Professeur De Ambrosiis, enragé contre les ours et contre le Roi Léonce, pour avoir dû gaspiller l'un des deux sortilèges dont il disposait, voulait se venger. Amener les bêtes à la Roche-Démon lui parut une idée magnifique : simples d'esprit comme ils étaient, les ours, à la vue des fantômes, seraient tombés pour le moins raides morts.

Sitôt dit, sitôt fait, De Ambrosiis conseille au Roi Léonce de conduire ses bêtes, cette nuit même, au château : ils y pourraient dormir, manger et s'amuser. « Moi, pendant ce temps, je cours devant faire les préparatifs. »

Et le voilà qui court à la Roche pour mettre les fantômes au courant. En tant que magicien, il entretenait avec les esprits une grande familiarité, savait fort bien qu'ils n'étaient pas dangereux, et les traitait sans trop d'égards.

« Debout! Debout, amis! criait le Professeur en courant à travers les salons délabrés qu'envahissait déjà le crépuscule. Réveillez-vous! Voilà des invités qui arrivent! »

Et des tentures poudreuses, des armures rouillées, des cheminées fuligineuses, des vieux livres, des bouteilles, des tuyaux d'orgue de la chapelle même, sortaient des fantômes, par bandes entières; d'assez

vilaines figures, pour tout dire, assez peu enga-
geantes pour qui n'en aurait pas eu l'habitude. Mais
De Ambrosiis, lui personnellement, s'en moquait, il
était de la famille.

Non content de cela, soufflant de la manière
Dont ordinairement on chasse une poussière,
Dans les moindres recoins, soufflant avec adresse,
Il secoue les esprits de vieille noblesse!
« Debout, comtesse, murmure-t-il, c'est le moment
D'imiter à votre aise les pires miaulements.
Et vous aussi, mes gentils sires
Faites-moi la grâce de sortir
Plus vous serez affreux, et mieux cela vaudra
Le Roi Léonce en crèvera. »

Minuit, l'heure fatidique! De la plus haute tour,
l'esprit d'une vieille horloge, complètement défoncée,
fit retentir douze « Ding! Ding! » plaintifs, et des nuées
de chauves-souris se détachèrent des voûtes bran-
lantes pour s'éparpiller à l'intérieur du château. Au
même instant, le Roi Léonce, à la tête de son peuple,
s'engageait dans les couloirs déserts, s'étonnant de ne
trouver ni lumières allumées, ni tables mises, ni
orchestres de musiciens (comme De Ambrosiis le
lui avait promis).

Il s'agissait bien de musiciens!

D'une grande toile d'araignée qui pendait dans un
coin, s'élancèrent en direction de Léonce une dou-
zaine de spectres rugissants et grimaçants.

Les ours, dans leur ingénuité, s'était dit De Ambrosiis, ne pouvaient qu'être saisis d'une frayeur épou-
vantable. Mais il avait mal calculé. Précisément

parce qu'ils étaient simples et ingénus, les ours obser-
vèrent ces étranges apparitions avec curiosité, sans
plus.

« Tiens! Des draps qui dansent tout seuls! s'exclama
un ourson.

— Et toi, mouchoir de poche, qu'as-tu à tourner de
la sorte? » demanda une autre bête à un petit esprit
pâle qui tournoyait à la hauteur de son museau.

Mais voilà que, tout à coup, les esprits s'immobi-
lisent à leur tour, cessent de pousser des cris et de
s'agiter.

« Mais qui vois-je! s'exclama l'un d'eux, d'une
voix faible, mais empressée, en changeant complètement de ton. Notre bon Roi! Mais comment est-ce
possible? Tu ne me reconnais pas?

— Eh bien, à la vérité... je ne saurais dire, fait
Léonce, interdit.

— Je suis Théophile, dit l'esprit, puis désignant ses
compagnons : Et voilà Gédéon, Beaufils, Gambille,
Grosnez, tes ours fidèles, tu ne les reconnais pas non
plus? »

Finalement, le Roi les reconnut. Les ours qu'il
avait perdus pendant la bataille s'étaient déjà trans-
formés en fantômes. S'étant réfugiés au château, ils
s'étaient aussitôt liés d'amitié avec les fantômes des
hommes et vivaient en bonne intelligence. Mais
comme ils avaient changé! Qu'étaient devenus leur
bon museau, leurs pattes puissantes, leur somptueuse
fourrure? Ils étaient à présent diaphanes, pâles, sans
consistance, des voiles évanescents.

« Mes braves! » dit Léonce ému, en leur tendant
les pattes.

Le Professeur De Ambrosiis attire les ours vers l'horrible Roche-Démon, peuplée de spectres, dans l'espoir de les voir mourir d'épouvante. Pouvait-il imaginer que tout s'achèverait sur des chants et des rires, des valses et des menuets entre les ruines croulantes?

Ils s'embrassèrent, ou du moins, ils essayèrent de s'embrasser, car la chose n'est guère facile entre un ours en chair et en os et un fantôme d'impalpable matière. Cependant, ours d'un côté, fantômes de l'autre, continuaient à arriver. On se reconnaissait de part et d'autre et c'étaient des éclats de rire et des exclamations de joie. Les fantômes des hommes eux-mêmes, passé le premier embarras, accouraient gaiement. Les spectres n'en revenaient pas de trouver enfin une occasion de se distraire un peu. On alluma des lanternes, et on se mit sans plus tarder à danser, aux accents d'un petit orchestre improvisé : un violoncelle, un violon et une flûte, sans compter danseurs et chanteurs.

Et De Ambrosiis? Où est-il passé? Il s'est caché dans un coin obscur, et, de là, il observe la scène, maudissant les ours et la bêtise des esprits qui n'ont pas réussi à leur faire peur. Mais, pour cette nuit, il n'y a plus rien à faire.

Ils dansèrent, chantèrent et s'aimèrent bien, ours et fantômes. Un très vieux spectre, portant la joie à son comble, alla dénicher dans les caves du château, au milieu d'un monceau de squelettes, d'araignées et de rats énormes, une vieille bouteille d'un vin dont le Grand-Duc lui-même ne possédait pas l'égal. Léonce, en tant que Roi, préféra, après avoir participé à la première farandole, rester à l'écart avec le fantôme de Théophile, qui avait été un ours prudent et sage. Ensemble, ils discutèrent longuement de la situation, des chances plus ou moins grandes que pouvait avoir Léonce de retrouver son fils.

« Ah! ton petit Tonin! dit alors Théophile. J'oubliais

de te dire! Sais-tu que j'ai eu de ses nouvelles? Sais-tu qu'il est au T... »

Il ne put achever le mot. Ding! Ding! Ding! fit l'esprit de la vieille horloge. Trois heures du matin! L'heure à laquelle les enchantements prennent fin! D'un seul coup, les fantômes semblèrent se dissoudre dans l'air, comme la vapeur qui s'échappe d'une marmite, se changèrent en une brume légère qui frémit un instant au milieu des salons, dans un bruit de murmures, puis disparut tout à fait.

Léonce en aurait pleuré de rage! Dire qu'il était sur le point de savoir où était son petit Tonin! Mais il fallait se résigner. Attendre la nuit suivante n'aurait servi à rien. Car une loi précise que les fantômes n'ont pas le droit de se montrer plus d'une fois par an.

Chapitre quatrième

Le petit Tonin, fils du Roi Léonce, était donc au « T... ». Que diable cela pouvait-il être? Qu'avait voulu dire le fantôme du vieux Théophile? Léonce cherchait à deviner. Mais tant de choses commençaient par « T »! Au Turkestan? Au Tir aux pigeons? Au Théâtre? Aux Tropiques? Au Tribunal? Au Téléphone? Oh! inutile de s'obstiner! A moins que Théophile n'ait voulu dire que Tonin était au « terme » de quelque chose, de ses malheurs, par exemple, ou de sa vie (mais quelle horrible idée!). Jusqu'à ce que quelqu'un suggérât : « Et si le vieux avait voulu parler du Tramontin, cet autre château, non loin d'ici? »

Le Roi Léonce n'en avait jamais entendu citer le nom, mais quelques-uns de ses ours, parmi ceux qui sont toujours au courant de tout, lui expliquèrent : le Tramontin était un sombre manoir, situé dans le massif Péloritain, au fin fond d'une étroite vallée, distante, au plus, de trois ou quatre lieues. Ledit château était habité par un ogre, nommé Troll, qui y vivait seul.

Se pouvait-il que Troll eût fait l'ourson prisonnier?

Le mieux était d'y aller voir. Et le Roi Léonce prit la tête d'un bataillon.

L'ogre dormait. Il était vieux, à présent, et passait ses journées au lit, ne se levant que quelques minutes pour les repas. Quant à son approvisionnement en nourriture, il était bien organisé. Il faut dire que, des années auparavant, Troll avait réussi à s'emparer du fameux Croquemitaine, un monstre de la taille d'une de nos maisons. Enfermé à l'intérieur d'une immense cage, au beau milieu de la cour du château, le Croquemitaine devait travailler pour lui.

Qui d'entre vous n'a jamais entendu parler du Croquemitaine? Il fut un temps où il écumait l'Europe de haut en bas, dévorant hommes et chevaux sur son passage. De temps en temps, le bruit courait : « Voilà le Croquemitaine! » Alors, les paysans s'enfuyaient dans la montagne, ou s'enfermaient chez eux à triple tour. Mais lui courait comme le vent, et il y en avait toujours qui n'avaient pas le temps de se cacher. Jusqu'au jour où, par hasard, il tomba dans le défilé du Tramontin, où l'ogre se tenait aux aguets, avec un grand filet, fait de cheveux de sorcières. Le monstre fut fait prisonnier, et enfermé dans cette grande cage.

Et, depuis, voici comment les choses se passaient :

A l'entrée de la vallée, l'ogre avait placé de faux poteaux indicateurs, sur lesquels on pouvait lire : « Auberge de Cocagne, vivres et couvert gratuits, à vingt minutes d'ici! », ou encore : « Petits enfants! Distribution de magnifiques jouets! », ou même : « Chasse interdite », ce qui avait pour effet d'attirer immédiatement les chasseurs.

Des passants, des enfants désobéissants qui couraient la campagne au lieu de faire leurs devoirs, des braconniers en quête de gibier, aboutissaient ainsi au Tramontin.

Aussitôt les corneilles de garde se précipitaient dans la chambre de l'ogre, l'éveillaient à coups de bec. Troll ouvrait alors une trappe dans la cage du Croquemitaine, lequel, jetant une patte au-dehors, broyait l'étranger. Puis Troll choisissait avec soin pour son propre usage les morceaux les plus tendres et les plus savoureux, et jetait le reste au monstre.

L'ogre, donc, dormait. Il venait tout juste d'avaler la dernière bouchée d'un appétissant petit garçon du nom de Jojo Maliver, élève de cours moyen, deuxième année, qui ce matin-là avait fait l'école buissonnière.

Mais voilà qu'une corneille traverse précipitamment la fenêtre, vole jusqu'au lit de l'ogre et se met à lui donner des coups de bec sur le nez avec la plus belle énergie.

« Finis donc, sale bête! grommelle Troll, sans même ouvrir les yeux.

— Des visites, Monseigneur, des visites! croasse la corneille.

— Malédiction! On ne pourra donc jamais dormir tranquille! » jure l'ogre en bondissant de son lit.

Et qui voit-il s'approcher sur le chemin taillé à pic au flanc de la montagne? Des promeneurs? Des enfants? Des chasseurs? Des choses bonnes à manger? Non : De Ambrosiis, qui monte la côte, tout essoufflé!

« Alors, cadavre ambulant! hurle Troll qui connaît le Professeur depuis de nombreuses années. Quel mauvais vent t'amène?

— Réveille-toi, Troll! fait le mage, s'avançant sous la fenêtre. Voilà les ours!

— Très bien, très bien! répond l'ogre. Très bonne viande que celle de l'ours, un peu ferme, peut-être, mais beaucoup de goût! Et combien sont-ils? Deux?

— Deux, non! ricane le magicien. Ils sont un peu plus!

— Une dizaine, veux-tu dire? Ma bête aura de quoi se rassasier!

— Ils sont bien plus de dix! Et De Ambrosiis, chose rare, s'étrangle de rire. Tu vas voir la jolie troupe!

— Vas-tu parler, sorcier d'enfer! hurle l'ogre d'une voix à faire trembler les montagnes. Combien sont-ils?

— Un bataillon entier, puisque tu insistes! Il doit y en avoir deux ou trois cents. Et ils sont en chemin pour te voir!

— Par le diable! s'exclame Troll, pour le coup impressionné. Comment allons-nous nous y prendre?

— Libère donc ta bête! Ouvre-lui sa cage. Elle saura bien s'en arranger! »

Libérer le Croquemitaine? Et s'il en profitait pour tirer ensuite sa révérence? Néanmoins l'idée était excellente.

De plus, il n'y avait pas de temps à perdre. Là-bas, à l'endroit où la route commençait à gravir les premiers contreforts, on distinguait déjà une longue file de points noirs et mobiles, une file qui paraissait interminable.

Troll descendit dans la cour, et ouvrit la cage.

C'était une magnifique journée. Soufflant un peu, les ours grimpaient avec une belle ardeur. Lorsque, tout à coup, les rayons du soleil s'obscurcirent, comme sous l'effet d'un soudain orage.

Les ours levèrent les yeux.

Dieu du ciel! Ce n'étaient pas les ténèbres de

Au cœur des sinistres monts Péloritains, les ours sont assaillis par le Croquemitaine assoiffé de sang. L'un fuit, l'autre décharge en vain son arme, cet autre se cache, cet autre encore préfère se jeter dans le vide, plutôt que d'aller remplir l'estomac du monstre.

l'orage, mais l'ombre du Croquemitaine qui, de rocher en rocher, bondissait sur eux.

Pies, moustiques,
Vampires, hyménoptères,
Araignées, carcajous,
Sangliers, tiques,
Poussins, panthères,
Grues, sapajous,
Tout est aubaine
Pour Croquemitaine!

Les Joseph, les Antoine, les Pierre, les Évariste,
Les plongeurs, les savants, les enfants, les artistes,
Les Charles, les Bernard, les Guy, les Théodule,
Les notaires, les meuniers, les princes, les funam-
   bules,
Tout est aubaine
Pour Croquemitaine!

Sang, carnage, tueries,
Cris, tornades, hurlements,
Massacres, hécatombes, boucheries,
Ruines, bruits sourds, effondrements,
Autant d'aubaines
Pour Croquemitaine!

Les ours n'avaient jamais rien vu de semblable. Et l'un d'appeler au secours, et l'autre de s'enfuir. Celui-ci essaie de se faire tout petit en se cachant dans une anfractuosité, celui-là décharge vainement son fusil, et cet autre choisit de se jeter dans le vide, plutôt que d'aller remplir l'estomac du monstre.

Seul un ours garde la tête froide ; un ours d'origine modeste, nommé Émeri, que beaucoup avaient jusqu'alors considéré comme un nigaud, peut-être parce qu'il était un peu dur d'oreille. Quand il voit le Croquemitaine faire un carnage parmi ses compagnons, Émeri sort d'un sac une jolie bombe, de celles prises au Grand-Duc, et, la tenant fermement entre ses pattes, le voilà qui court vers la gueule du monstre.

« Émeri ! Tu es fou, que fais-tu ? » lui crie quelqu'un. Mais il fonce vers la mort.

Le monstre n'a pas même besoin de tendre une griffe, il se trouve Émeri sous la dent et l'engloutit voracement, avec le poil et le reste. L'ours dégringole dans l'estomac du monstre. Et une fois arrivé, il allume la mèche.

Un éclair aveuglant, un énorme nuage noir, un miaulement à vous glacer le sang. Un instant, on ne comprend plus rien. Puis le vent dissipe la fumée, et voilà les ours qui se mettent à danser et à chanter, comme s'ils étaient devenus fous.

Le Croquemitaine, le ventre ouvert, gît au fond du ravin, mort. Et, un peu plus loin, tout meurtri, tout roussi, le brave ours Émeri qui s'est sacrifié pour ses compagnons. L'explosion l'a projeté hors le ventre du monstre, et il est allé tomber, par chance, dans une grande mare qui a amorti sa chute et éteint le feu qui avait pris à son poil. Il se relève seul, il peut encore marcher, bravo !

Mais à présent, une voix s'élève, qui appelle « Tonin ! Mon petit Tonin ! Où es-tu ? » C'est le Roi Léonce qui se précipite vers le sombre manoir, dans l'espoir d'y retrouver son fils. Il pénètre dans la cour, erre de salle en salle. Il n'y a pas âme qui vive. L'ogre et le magicien se sont enfuis dans la montagne. D'ourson, point de traces. Partout, le vide et le silence.

Hélas! Tant de mal pour rien, tant de morts inutiles, c'était payer bien cher de trompeuses espérances.

Chapitre cinquième

Aux portes de la capitale, s'élevait le grand château du Cormoran, la forteresse des forteresses, la plus puissante de toutes les forteresses du temps. La route qui menait à la ville la traversait de part en part. Mais, si les portes étaient fermées, de lourdes portes de fer massif, personne ne pouvait pénétrer. Des armées entières s'y étaient essayées, des mois entiers elles avaient bivouaqué aux portes de la capitale, bombardant sans arrêt les murailles, sans que cela les avance à rien. Fatigués et déçus, les assiégeants avaient dû se résigner à prendre le chemin du retour.

Donc, le Grand-Duc était désormais à l'abri derrière la citadelle, tranquille comme un pape. Les ours? Qu'ils y viennent, il s'en féliciterait; des montagnes de projectiles attendaient leurs vilaines carcasses! Et les sentinelles, sur le chemin de ronde à la crête des murailles, allaient et venaient, le mousquet à l'épaule. « Qui vive? Sentinelle! » se criaient-elles l'une à l'autre toutes les demi-heures, et les choses continuaient à bien aller.

Mais les ours avançaient sur la route de la vallée, chantant de simples refrains et s'imaginant qu'ils en avaient désormais fini de se battre. Les portes de cette grande ville, pensaient-ils, allaient s'ouvrir pour eux, les gens viendraient à leur rencontre avec des brioches et de grands pots de miel. De si bonnes, de si braves bêtes! Pourquoi les hommes ne leur donneraient-ils pas aussitôt des preuves d'amitié?

Et voilà qu'un soir, sur l'horizon, apparaissent, tout illuminées, les tours et les coupoles d'argent de la cité, les palais blancs, les jardins merveilleux. Mais au-devant, à une hauteur prodigieuse, se dressent, comme une falaise abrupte, les murs de la forteresse. D'une tourelle d'angle, une sentinelle les aperçoit. « Qui va là? » crie-t-elle de toutes ses forces. Et comme les ours continuent à avancer, elle tire. Un petit ours de trois ans est atteint à une jambe et roule dans la poussière. Les chefs, alors, se réunissent pour délibérer.

Courage, ours! Encore cet obstacle à surmonter et tout sera dit. Derrière ces murs, il y a à boire, à manger, mille occasions de se distraire et il peut même se faire que l'on y retrouve le fils du Roi Léonce, l'ourson enlevé par des chasseurs dans la montagne. Demain, l'aube se lèvera pour la bataille, le couchant tombera sur la victoire.

Mais le château a de hautes murailles, dont chacune a l'épaisseur de vingt murailles ordinaires, des centaines de guerriers, armés jusqu'aux dents, sont postés sur les bastions et de chacune des meurtrières jaillit la gueule noire d'un canon.

Qui plus est, le Grand-Duc, ordinairement d'une extrême avarice, fait distribuer aux soldats pour les encourager des barriques de vin, d'eau-de-vie et d'anisette, chose qui ne s'était jamais vue de mémoire d'homme, pas même à l'occasion des fêtes nationales.

Le lendemain matin à six heures, de part et d'autre, les trompettes donnent le signal du combat. Les ours, entonnant leur hymne national, se ruent à l'assaut. Mais comment? Comment? Avec des mousquets et des sabres, contre des murailles de pierre, et des portes de fer? Du haut de la citadelle, les coups de feu crépitent au milieu des flammes, de la fumée, des cris, dans un vacarme infernal. Et quelqu'un, du haut des créneaux, fait basculer d'énormes rochers.

« En avant, mes preux! » criait le Roi Léonce pour inciter ses ours au combat. Mais il pouvait toujours crier. Les autres dominaient de haut. L'un après l'autre, le Roi voyait tomber autour de lui ses plus beaux guerriers, poussant leur dernier soupir. Ils tombaient comme des mouches, et Léonce lui-même ne voyait pas comment ils allaient pouvoir s'en tirer. Quelques-uns, s'agrippant aux arêtes des murs, tentaient de se hisser aux angles des tours ; ils grimpaient l'un dix mètres, l'autre quinze, puis une balle arrivait qui les faisait rouler au sol.

Désastre complet.

Et alors, pourquoi, sur le dessin qui correspond certainement à la réalité, voit-on au contraire les ours parvenir au sommet des tours, et quelques-uns même jusque sur les toits de la forteresse, dominant les troupes grand-ducales? Pourquoi, sur le dessin, a-t-on l'impression que les ours sont sur le point de l'emporter? Quelle sorte de plaisanterie est-ce là?

C'est qu'entre les deux, sept jours ont passé, voilà l'explication, et que les ours, après avoir battu honteusement en retraite à la première tentative, se sont préparés à un nouvel assaut. Un vieil ours, nommé Frangipane, particulièrement versé dans les arts mécaniques, est allé trouver le Roi et lui a dit :

« Majesté, ça va mal! A la première bataille, nous avons pris une pile. A la seconde, ce sera la même chose, Majesté!...

— Je le sais bien, mon cher Frangipane, répondit Léonce. Ça va mal, très mal.

— Nous avons reçu une belle volée, répéta Frangipane, qui ne mâchait pas ses mots, et nous en recevrons une autre, à moins que...

— A moins que quoi?

— A moins que nous ne trouvions une cinquantaine d'ours qui ne soient pas sujets au vertige. Viens voir, Majesté. J'ai fabriqué quelques petites choses... »

Et il emmena le Roi voir les choses en question.

Dans un angle écarté, l'ingénieux Frangipane, grâce à des outils ramassés çà et là pendant le voyage, avait mis sur pied un atelier, et fabriqué d'étranges machines. Il y avait un immense mortier, dans la bouche duquel aurait pu tenir un veau avec toutes ses cornes, il y avait une gigantesque catapulte, d'immenses échelles, et quantités d'autres inventions diaboliques.

« Avec ces affaires-là, dit Frangipane, après en avoir expliqué l'utilisation, nous arriverons à quelque chose, tu verras! »

Et ce fut ce qui arriva. Quand les ours revinrent à l'attaque, le Grand-Duc ne bougea même pas de ses appartements pour aller les voir, tant il était sûr qu'ils seraient, cette fois, définitivement battus; au contraire, il changea son uniforme contre un habit blanc brodé de violet et d'argent, pour se rendre, le soir même, au théâtre. Il se contenta d'ordonner une nouvelle distribution d'alcool à ses troupes, pour les encourager.

Au matin, cependant, ni vin ni eau-de-vie ne suffirent. Voyez plutôt vous-mêmes :

Un boulet part, vertical
Et dessus, comme sur un cheval,
Un ours à califourchon
Qui jaillit tel un bouchon.
(Idée reprise d'ailleurs, sur une autre scène,
Par le fameux baron de Münchhausen)
Puis, regardez le mangonneau,
Un vieil ours fronce le museau
(Y aurait-il quelque chose de cassé?)
Dans la cuillère tout exprès disposée.
De là, à son tour, le voici projeté
Loin, très loin, dans l'immensité.
Ils volent comme des alouettes,
Jusqu'aux flèches des girouettes.
Les échelles? Ils les escaladent,
En ordre, comme à la parade.
Que l'une d'elles vienne à casser,
Il s'ensuit une fricassée.
(Par exemple, à droite, en bas,
Vous voyez un beau galimatias :
Un malheureux guerrier chancelle
Assommé par un morceau d'échelle,
Ce ne sera que l'affaire d'un moment
Il repartira encore plus vaillamment)
Les assiégés, enfin, sont en posture
De prendre une déconfiture.
Cependant qu'au donjon, les officiers se consultent
Vingt-sept arrivent par la catapulte,
Le canon à son tour en lance vingt-trois
Autant sur les échelles adossées aux parois.
Les soldats du Grand-Duc, dont la plupart ont bu,
Surpris par tant d'engins qu'ils n'avaient jamais vus
Et l'estomac trop chargé d'anisette

Ayant à leur tête le Roi Léonce, les ours attaquent le Château du Cormoran, aux portes de la capitale, et le prennent d'assaut, après trente-deux heures de luttes sanglantes, grâce à d'ingénieux procédés et à des machines conçues par l'ours Frangipane.

Ne se sentent plus dans leur assiette.
Qu'ajouter pour qui m'écoute?
Rien, c'est la déroute!
« Sauve-qui-peut! » Tel s'enfuit, tel, pour aller plus
    vite
Dans les fossés se précipite.
Chez les ours, pas de question,
C'est orgueil et satisfaction!

Chapitre
sixième

Pendant ce temps, au Grand Théâtre Excelsior,
mondanités, luxe et élégance triomphaient, le soir
même, au cours du gala organisé en l'honneur du
Grand-Duc. Sept jours auparavant, l'assaut des ours
avait été repoussé, et il fallait bien une fête pour célé-
brer un tel événement. La salle étincelait à proprement
parler de soies précieuses et d'uniformes somptueux.
Il y avait un prince hindou, accompagné de la princesse, il y avait des officiers de toutes armes, en
grande tenue, il y avait des comtes, des vicomtes,
des marquis et des baronnets; jusqu'à un landgrave,
dont nous-mêmes ignorons ce que c'est au juste; il
y avait deux hauts dignitaires de la cour persane, il
y avait également, incognito, le Professeur De Ambrosiis (mais comment garder l'incognito, avec cette
figure qu'on reconnaîtrait entre mille?); il était tout
seul dans une loge, coiffé de son inséparable tube
d'un mètre vingt-cinq de haut.

Le programme, spécialement étudié pour plaire au
Grand-Duc, comprenait :

— La danse du sycomore,
Avec six ballerines et un More,
— Des pitres, faisant mille tours,
— Des avaleurs de sabres, de lames,
De cartes à jouer, de flammes,
Avec des bouches grandes comme des fours,
— Des lions et des tigres, mais gentils,
— Un corps de ballet, venu de Paris,
— Un carrousel de palefrois et de phoques,
— Des prestidigitateurs et des ventriloques
(de ceux qui parlent avec l'estomac)
— Puis, gantées et en chapeau-clac,
Des puces savantes, chantant et parlant,
— Huit éléphants, des noirs et des blancs,
— Enfin, miracle des miracles,
Petit, mais le clou du spectacle,
Rien de moins que l'ourson Goliath
Le plus célèbre des acrobates,
Tant il aurait fallu user de semelles
Pour trouver attraction aussi sensationnelle.

Le bruit avait couru, en début de matinée, que les ours étaient revenus à l'attaque, et, à vrai dire, une certaine inquiétude régnait dans le public. Mais l'entrée en grande pompe du Grand-Duc et de la Grande-Duchesse dissipa les craintes. Si Leurs Altesses daignaient prendre part au spectacle, cela signifiait que, grâce à Dieu, tout allait bien. Et l'orchestre se mit à jouer, les ballerines à danser, légères comme des libellules, et le ventriloque parvint à sortir de ses viscères, devant un parterre de lourdauds incrédules, convaincus qu'il y avait un truc, parvint à sortir, disais-je, une voix telle que même des sépulcres il ne s'en élève pas de semblable.

De temps en temps, le Grand-Duc faisait un signe, et un officier se précipitait aux ordres.

« Du nouveau? demandait le Grand-Duc.

— Tout va bien, Altesse Sérénissime », répondait l'officier, ne trouvant pas le courage de dire ce qu'il savait, et qui n'était guère réjouissant. Et l'orchestre

continuait à jouer, les ballerines dansaient, le pres-
tidigitateur faisait sortir des lapins vivants d'une
citrouille, et le ventriloque parlait avec son ventre de
choses et d'autres ; il réussit même à lui faire chanter
un petit air, qui fut très applaudi. Le Grand-Duc,
enchanté, souriait ; il s'amusait, lui. Est-ce que tout
n'allait pas parfaitement bien ?

Tout allait mal, au contraire : les ours avaient déjà
pris d'assaut la forteresse, et se répandaient maintenant dans les rues de la ville.

Bientôt le désastre devait éclater aux yeux de
tous, sur le mode le plus sensationnel, en plein cœur
du théâtre lui-même. L'ourson Goliath avait déjà
commencé son étonnant numéro de voltige, en équilibre sur une corde, à vingt mètres au-dessus du
plateau, en faisant tourner une ombrelle chinoise,
lorsque des voix étranges se firent entendre ; une
tenture s'écarta et le Roi Léonce en personne, suivi
d'un bataillon d'ours en armes, apparut au parterre.

« Mon Dieu, les ours ! » gémit, d'une loge du
deuxième balcon, l'épouse du landgrave, avant de
s'affaisser dans un soupir, évanouie.

« Haut les mains ! » intimèrent les ours à ce public
d'une extrême élégance.

Et tous, glacés de terreur, mirent les mains en l'air
(à l'exception cependant des ballerines, dont la frayeur
fut telle qu'elles se changèrent en statues et restèrent
ainsi, une jambe levée, à la suite de quoi elles furent
placées telles quelles sur la façade du théâtre, où on
peut encore les admirer, perpétuant à jamais cet
événement historique).

Mais que fait Léonce ? Pourquoi, au lieu de se jeter
sur le Grand-Duc, son ennemi mortel, regarde-t-il

Coup de théâtre historique sur la scène de l'Excelsior : les ours victorieux font irruption dans la salle, le Roi Léonce reconnaît, en l'ourson équilibriste, le fils qu'on lui avait enlevé tout enfant et le Grand-Duc, pour se venger, décharge son arme sur ce même ourson.

ainsi fixement l'ourson équilibriste? Pourquoi tend-il les pattes vers la scène, en chancelant, comme s'il avait bu?

Sans doute vous tarde-t-il de le savoir,
Car nous arrivons là au plus beau de l'histoire.
Permettez-moi pourtant de poser une question :
Où l'avez-vous déjà vu, cet ourson?
Vous l'avez rencontré, cela, je vous le jure,
Et tout aussi poignante était l'aventure.
Faites un petit effort, allons, cherchez bien,
Il n'est pas possible que vous ne trouviez rien,
Vous qui êtes plus futés que dix diablotins!
Qui cela peut-il être? Bien sûr, c'est...

« Tonin! » crie enfin Léonce, d'une voix indescriptible, reconnaissant le fils qu'on lui a volé.

Et l'ourson, lui aussi, reconnaît la voix de son père, bien que tant d'années se soient écoulées. Il est tellement surpris qu'il trébuche, manque de tomber ; mais en bon acrobate qu'il est, il retrouve aussitôt son équilibre, et reprend sa périlleuse promenade, sans même oublier de faire tourner l'ombrelle.

« Papa, papa... », balbutie, suspendu entre les mille lumières du théâtre, le brave ourson, que, pour des raisons de propagande, on avait affublé du nom ridicule de Goliath.

Mais voilà qu'un « pan! » retentit à l'improviste, et tous sursautent. Le Grand-Duc, qui a tout compris, sortant son pistolet infaillible, à crosse d'onyx incrustée de pierres précieuses, vient de tirer sur Tonin, pour se venger. Il aurait pu s'en prendre à Léonce, son adversaire direct. Non! Sa méchanceté dépasse largement celle qu'on lui prête : il a préféré tuer le fils.

Scandale des scandales! Passons, pour ne pas perdre de temps, sur le tohu-bohu qui s'ensuit. Ce ne sont que cris, que pleurs, qu'imprécations. Naturellement, du parterre, les ours ont riposté immédiatement, et le Grand-Duc tombe raide, criblé de balles. Et dans la salle se répand une odeur de poudre que les vieux soldats hument avec satisfaction, mais qui fait tousser dames et demoiselles.

Et Tonin? Hélas! Tonin est blessé, et il fait une chute de vingt mètres, la tête la première, pour tomber au milieu des ballerines, déjà pétrifiées l'instant d'auparavant. Il tombe sur la scène et il gît là, inanimé, cependant que son père accourt à son aide.

Près de son fils, Léonce tombe à genoux,
Des larmes roulent le long de ses joues :
— Tonin, mon fils aimé, faut-il donc, si vite,
A peine t'ai-je revu, que déjà tu me quittes?
Ne te retrouverais-je que pour te dire adieu?
Le petit, à ces mots, entrouvre un peu les yeux,
Et répond : « Mon père, c'est fini,
Au moins, en cet instant, sommes-nous réunis. »
Le Roi sanglote comme un bambin :
« Non, ne parle pas ainsi, Tonin,
Tu verras, nos malheurs finiront,
Et les beaux jours reviendront.
Très bientôt, tu seras guéri,
Et il n'y aura plus que des jeux et des ris... »

Que des jeux et des ris? Personne n'ose y croire. Les yeux embués, notables et hauts dignitaires se découvrent en silence. Jusqu'au Professeur De Ambrosiis, regardez-le, la barbe lui tremble un peu. L'ourson va-t-il donc mourir? Se pourrait-il que tous les efforts de son père eussent été vains, qu'un tel malheur vînt empoisonner la victoire? Le destin peut-il se montrer si cruel?

Un, deux, trois, quatre
Dans le silence du théâtre
Rôde tout noir
Le désespoir.

Chapitre septième

L'ourson Tonin gisait dans son sang, le Roi Léonce éclatait en sanglots désespérés, le public, devant ce terrible spectacle, demeurait immobile, saisi de pitié et de désarroi ; dans le grand théâtre, habitué à la musique, aux chants, aux applaudissements, se faisait un tragique silence. Alors, d'une petite fenêtre laissée ouverte, entra une blanche colombe qui se mit à voleter gaiement à travers la salle.

C'était la colombe de la bonté et de la paix ; et, comme elle savait un très grand nombre de choses, elle croyait être arrivée à point pour fêter, elle aussi, les retrouvailles. Mais, en regardant autour d'elle, elle s'aperçut bien vite, à l'expression des visages, qu'il se passait, au contraire, quelque chose d'affreux. Et aussitôt après, elle découvrit le Roi Léonce, qui serrait dans ses bras son fils blessé.

La colombe demeura interdite. Le moment n'était guère choisi pour papillonner. Le public la regardait avec une antipathie évidente. Alors, s'en aller ? Se cacher dans quelque petit coin obscur ? Une heureuse inspiration la poussa, au contraire, à venir se poser juste au sommet du haut-de-forme du Professeur De

Ambrosiis, qui assistait, ému, à cette scène bouleversante.

Tous les yeux se tournèrent alors vers le vieil astrologue. Le Roi Léonce, lui aussi, regarda De Ambrosiis. Et De Ambrosiis regarda le Roi Léonce. Une pensée dominait la salle : seul le magicien, d'un coup de baguette magique, pouvait sauver l'ourson. Pourquoi ne se décidait-il pas?

Il ne se décidait pas parce qu'après l'épisode des sangliers de Molfette, il n'avait plus à sa disposition qu'un seul sortilège. Qu'il vienne à en user, et adieu carrière de magicien! Il serait redevenu un pauvre vieux quelconque, démuni et laid de surcroît; et, au cas où il tomberait malade, il devrait appeler un médecin et prendre les potions les plus nauséabondes, au lieu de retrouver, d'un seul coup, œil vif et bonne santé. Pouvait-on exiger de lui pareil sacrifice? Le Roi Léonce lui-même, qui avait pourtant plus d'un compte à régler avec le magicien, en brave cœur qu'il était, n'avait pas le courage de lui demander semblable cadeau, et il se contentait de dévisager De Ambrosiis en silence.

Mais dans le silence, on entendit
Un léger tic-tac, qui ressemblait
Au battement d'un petit
Cœur. La colombe semblait,
Picotant sans aucun respect
Le haut-de-forme à coups de bec,
Vouloir dire au vieux Professeur :
« Qu'as-tu donc à la place du cœur?
Pourquoi perdre si merveilleuse occasion
De rédemption?

Seul l'égoïsme te retient
De faire le bien! »

Naturellement, vous n'allez pas vouloir me croire, vous allez me dire que ce sont des histoires, que ces choses-là n'arrivent que dans les livres, etc. Et

pourtant, à la vue de l'ourson mourant, le Professeur éprouva brutalement une sorte de malaise à l'idée de toutes les méchancetés qu'il avait commises dans sa haine contre les ours et contre le Roi Léonce (les fantômes, le Croquemitaine!); il eut le sentiment qu'une flamme brûlait dans sa poitrine, et, peut-être aussi un peu pour le plaisir de jouer le beau rôle et de devenir une sorte de héros, il sortit de sous sa houppelande la fameuse baguette magique — mais comme cela lui coûtait! — et se mit en devoir de faire acte de magicien, pour la dernière fois de sa vie. Il aurait pu se procurer des palais, des montagnes d'or, devenir roi et empereur, épouser des princesses hindoues; il aurait pu tout obtenir avec ce dernier sacrifice. Au lieu de cela :

« Farété, dit-il lentement, en scandant les syllabes,
Farété, finkété, gamorré
Abilé, fabilé, dominé
Brun, stin, maiela, prit
Furu, toro, fifferit! »

Et l'ourson ouvrit les deux yeux, et se leva tout droit, sans plus trace de blessure (il se sentait seulement un peu faible, ayant perdu beaucoup de sang), cependant que le Roi Léonce, comme fou de joie, se mettait à danser tout seul sur la scène. Alors, la colombe, enfin satisfaite, se remit à voleter de-ci, de-là, plus joyeuse que jamais. Un cri jaillit bien haut : « Vive le Professeur De Ambrosiis! »

Mais l'astrologue avait déjà disparu; il s'était faufilé par la petite porte de la loge, et il rentrait chez lui en courant, serrant sa baguette devenue inutile, et il

La Sicile ainsi conquise, les valeureux bataillons d'ours défilent sur la Grand-Place. L'ourson Tonin, sauvé grâce à l'intervention du Professeur De Ambrosiis, peut également y assister, mais il est encore un peu faible, ayant perdu beaucoup de sang; voilà pourquoi il est sur une chaise longue.

n'aurait pas su dire lui-même s'il se sentait triste ou au contraire étrangement heureux.

Et maintenant, mesdames et messieurs, l'heure est aux réjouissances. Certains voulaient une grande revue militaire, d'autres un bal de nuit. Après de grandes discussions, on se mit d'accord : le matin, revue militaire, le soir, bal aux lampions. A la revue, l'ourson Tonin, encore un peu faible, assista sur une chaise longue, enveloppé de moelleuses couvertures ; par contre, il put se rendre au bal, et, tenant son père par la main, ouvrir la grande farandole sur un air de polka. Ceci après s'être remonté toute la journée à coups de biftecks et de brioches.

Première cérémonie
Sur la place de la Mairie
Drapeaux en tête
Défilent les bêtes
Suivies de musiques,
De fanfares et de cliques.
Ceci durant tout le matin.
Après quoi, on passe au festin.
Sucre, miel, chocolat, amandines, massepains,
    feuilletés, choux (chantilly ou pâtissière, au
    choix), puits d'amour, beignets, fruits confits,
    pâte de fleurs d'hélletera [1].
Nougats, tourons, biscuits, meringues, et caetera
Et tradéridéra, et tradéri déri
La fête tout l'après-midi.
Alors, dans les buissons,
S'allument les lampions

1. Plante d'espèce tropicale, dont les indigènes sont particulièrement friands. *(N. de l'A.)*

Aux accents d'orchestres choisis se déroule, le soir venu, une fête dansante dans les jardins illuminés de mille lumières; revenu à de bons sentiments, le Professeur De Ambrosiis, que son grand âge empêche de participer aux danses, se contente, réfugié dans un petit coin, d'observer la scène.

De chaque tonnelle
Un flot de ritournelles
(le magicien, caché,
N'en perd pas une bouchée).
Et le bal se poursuit
Ainsi toute la nuit.
On regrette seulement, au matin,
Que les meilleures choses aient une fin.

Chapitre huitième

La vie, hélas! n'est qu'un court passage,
On croit avoir le temps, et n'être pas pressé,
Qu'on tourne seulement une page,
Et voilà que treize ans ont passé.

Sans qu'il y paraisse, treize années se sont écoulées depuis notre dernière rencontre. Le Roi Léonce règne toujours en maître incontesté sur la Sicile, car personne n'a jamais eu le courage de lui chercher querelle. Les hommes et les ours s'entendent fort bien et les jours s'écoulent paisiblement, la paix règne et semble devoir régner à tout jamais dans les cœurs. Qui plus est, on continue à travailler, à s'instruire et l'on fait des progrès : de nouveaux et splendides palais se dressent nombreux dans la capitale, on construit des machines chaque jour plus compliquées, et de magnifiques carrosses, et d'extraordinaires cerfs-volants bariolés. Le bruit court même que le Professeur De Ambrosiis, pourtant désormais aussi vieux que les cloches de la cathédrale, a repris à zéro ses élucubrations et qu'il s'est fabriqué — à cet âge! — une nouvelle petite baguette magique, moins puissante que celle dont il s'était servi pour les ours, mais néanmoins d'assez bonne qualité; il espère pouvoir en tirer assez d'influx magique pour obtenir sa guérison au cas où il attraperait une maladie sinon d'extrême gravité, du moins un peu sérieuse.

Et pourtant, regardez le Roi dans les yeux, et vous comprendrez qu'il n'est pas heureux. Trop souvent ses regards, à travers les vastes fenêtres de son palais, s'évadent tristement vers les montagnes lointaines qui se dressent plus haut que les plus hautes tours de la ville. N'étaient-ils pas meilleurs — se demande-t-il à part lui — les jours passés là-haut, dans la majestueuse solitude des montagnes?

On n'avait en ce temps que des baies de genièvre;
Pour lit, une brassée de feuilles; et l'eau des sources
   vives
Avec nos pattes pour gobelet.
Les coupes sont aujourd'hui de travail d'orfèvre,
Les lits ont baldaquin, on se nourrit de grives
Et de bison au serpolet.
Oh! comme alors on manquait de bien-être,
Et qu'au contraire on vit bien, à présent!
Dommage pourtant de ne plus être
Comme avant : avec des bourrasques, du vent,
Un ciel noir, des chemins enneigés,
Mais le cœur léger!

En outre, le Roi Léonce se désolait de voir les ours changer à vue d'œil : eux auparavant modestes, simples, patients, braves garçons, étaient devenus orgueilleux, ambitieux, envieux, pleins de caprices.

Ils n'avaient pas vécu pour rien treize années au milieu des hommes.

Une chose agaçait particulièrement le Roi : au lieu de se contenter, comme autrefois, de leurs belles fourrures, la majorité des ours endossaient à présent des vêtements, des uniformes et des manteaux copiés sur ceux des hommes, s'imaginant être ainsi plus élégants, sans se rendre compte qu'ils se couvraient de ridicule. Quitte à crever de chaleur, on en voyait même se promener avec de grosses pelisses de four-

rure, histoire de faire savoir au monde entier qu'ils avaient les moyens!

Et s'il n'y avait eu que cela! Mais ils se disputaient pour la moindre bêtise, disaient des gros mots, se levaient tard le matin, fumaient le cigare et la pipe, prenaient du ventre, et devenaient plus laids de jour en jour. Toutefois, le Roi patientait, il se contentait de les sermonner de temps en temps et, le plus souvent, fermait les yeux. Après tout, rien de tout cela n'était bien grave. Mais combien de temps ces manières-là allaient-elles durer? Où les ours s'arrêteraient-ils, à ce train? Le Roi Léonce était inquiet, il avait le sentiment obscur qu'il se préparait quelque vilaine affaire.

Et le fait est qu'il se produisit des choses bien étranges.

Premier mystère :

La nouvelle baguette magique du Professeur De Ambrosiis est dérobée.

Le nécromant venait de la terminer, il avait fait toutes les incantations nécessaires et y mettait vraiment la dernière main, lorsqu'elle lui fut volée. Il la chercha de tous côtés : rien. La police fit des recherches : rien. Alors, le magicien alla trouver le Roi Léonce pour lui raconter la chose.

Léonce fut bouleversé. Un vol aussi grave ne s'était encore jamais produit sous son règne.

Il convoqua son Grand Chambellan, Salpêtre (ours fort intelligent, qui avait cependant la faiblesse de se croire d'une grande beauté et portait une grande plume sur son chapeau). Ensemble, ils décidèrent de

La baguette magique du Professeur De Ambrosiis
ayant été volée, le Roi Léonce harangue la foule,
exhortant le coupable à restituer le précieux objet
et menaçant chacun, sinon, de sanctions sévères. Il
est très en colère.

convoquer la population des hommes, auxquels le Roi, du balcon du palais, tint un joli petit discours.

« Mesdames et messieurs, dit-il, un esprit malintentionné a dérobé au Professeur De Ambrosiis, que nous estimons tous, une baguette magique de fabrication récente.

« Citoyens! continua-t-il, c'est une honte! Que le voleur lève la main! »

Mais aucune main ne se leva.

« Parfait! fit Léonce. Admettons que le coupable ne soit pas parmi vous. Mais laissez-moi vous dire une chose : si, d'ici dix jours, le voleur, d'une manière ou de l'autre, ne se fait pas connaître, je vous considérerai tous comme responsables et vous paierez à l'astrologue un napoléon chacun!

— Houhouhouh! » mugit la foule, épouvantée. Et il se trouva même quelqu'un pour huer le souverain.

« Ah! c'est ainsi que vous le prenez! répliqua Léonce, à qui la moutarde commençait à monter au nez. Eh bien, ce sera deux napoléon chacun! Tenez-vous-le pour dit! »

Là-dessus, il se retira dans ses appartements, cependant qu'hommes et femmes se dispersaient en échangeant les commentaires les plus divers.

Sur ces entrefaites, l'astrologue vint au palais et dit :

« Majesté, tu as convoqué les hommes et je t'en remercie. Mais pourquoi ne t'es-tu pas adressé également aux ours?

— Aux ours? Que veux-tu dire?

— Je veux dire que ma baguette peut avoir été volée par un homme, mais qu'elle peut aussi bien avoir été volée par un ours.

— Par un ours? s'exclama Léonce, stupéfait. Depuis quand ses bêtes faisaient-elles des choses de ce genre?

— Parfaitement, par un ours! répéta l'astrologue d'un air piqué. Tu crois peut-être tes ours bien meilleurs que les hommes?

— Bien sûr que je le crois! Les ours ignorent jusqu'au sens du mot voler!

— Ah! ah! ricana le magicien.

— Tu ricanes, Professeur?

— Parfaitement, je ricane! répondit De Ambrosiis. Si tu y tiens, je peux t'en raconter de belles, moi, sur tes innocentes bestioles! »

Petits enfants, au prochain épisode,
Vous verrez le mystère du bois des Rhizopodes.

Chapitre neuvième

Le deuxième mystère fut en effet le secret du bois des Rhizopodes.

« Un soir, raconta précisément le Professeur, comme j'étais allé faire quelques pas du côté du bois des Rhizopodes...

— Où habite mon chambellan Salpêtre, interrompit Léonce.

— Cela, je l'ignore, dit le magicien, ce que je sais, c'est qu'en me promenant au milieu des massifs, je lève tout à coup les yeux au-delà de la cime des arbres, et devine un peu ce que je vois?

— Un oiseau? suggéra Léonce, dévoré de curiosité, ou un monstre, peut-être?

— Du tout! Un palais! Un palais tout en marbre, illuminé comme pour une fête, et qui resplendissait dans la nuit. Intrigué, je m'approche. Des croisées s'échappent de la musique et des rires, comme s'il y avait eu grand bal. Puis, je remarque, à ras de terre, deux autres fenêtres, éclairées elles aussi. Je me penche, et qu'est-ce que je découvre? Une immense cave, plus grande qu'une église, et contre les murs de gigantesques barriques d'où le vin coule à flots. Et partout, des tables sont mises, partout des bouteilles de vin fin, et des musiciens qui jouent, et des serviteurs qui vont et qui viennent, chargés de pâtés monumentaux. Enfin, attablés...

— Qui? Qui donc? interrompit à nouveau Léonce.

— Tes ours, Majesté, tes ours! Ivres morts du premier au dernier et qui s'égosillent à brailler des chansons de corps de garde! Les uns vêtus de riches manteaux, les autres en costume de ville, celui-ci honteusement vautré dans un coin, celui-là en train de percer une barrique pour boire ensuite à la régalade, cet autre encore roulant sous la table!

— C'est une calomnie! haleta le Roi Léonce.

— Je l'ai vu de mes yeux, je le jure! protesta le magicien.

— Fort bien. Je vais de ce pas me rendre compte par moi-même. Et si tu as menti, tu me le paieras! »

Le Roi ne perdit pas de temps. La nuit tombait. Accompagné d'un détachement de gardes, il se rendit au bois des Rhizopodes, et vit resplendir, au-dessus de la masse obscure des arbres, les coupoles d'un fabuleux palais, constellé de lumières. Ivre de colère, Léonce résolut alors de prendre les ivrognes en flagrant délit. Mais, au moment où il sortait de l'épaisseur du bois pour déboucher dans la clairière, le merveilleux palais avait disparu. A sa place, s'élevait une pauvre masure, dont la petite fenêtre était éclairée. Léonce décida d'entrer pour voir qui s'y trouvait.

Ouvrant brusquement la porte, il découvrit le chambellan, Salpêtre, qui lisait un gros livre à la lueur d'une lampe à huile.

« Que fais-tu ici, Salpêtre, à une heure pareille?

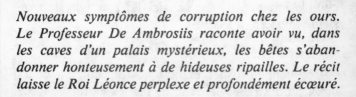

Nouveaux symptômes de corruption chez les ours. Le Professeur De Ambrosiis raconte avoir vu, dans les caves d'un palais mystérieux, les bêtes s'abandonner honteusement à de hideuses ripailles. Le récit laisse le Roi Léonce perplexe et profondément écœuré.

— J'étudie le grand livre des lois, Majesté; cette pauvre maison est la mienne. »

Mais Léonce humait alentour. Il flottait dans l'air une odeur si bizarre... Étrange, on aurait dit un parfum de fleurs, de mets délicats, de vins fins. Un soupçon se fit jour dans l'esprit du Roi.

En attendant, que pouvait-il dire? « Bonne nuit, Salpêtre, murmura-t-il. Je me trouvais dans le coin, vois-tu, et l'idée m'est venue de te dire un petit bonjour en passant. » Là-dessus, il sortit, un peu gêné, et revint au palais en méditant l'énigme.

Toute la nuit, il chercha en vain le sommeil. De douloureuses questions se pressaient en tumulte dans son esprit.

Le magicien avait menti?

Pourtant, Léonce lui-même l'avait vu, ce palais au-dessus des arbres!

Et comment peut disparaître un palais de marbre?

Et s'il y avait là-dessous de la magie?

Mais qui peut en user, sinon le Professeur?

Mais ne lui a-t-on pas volé sa baguette magique?

Qui peut alors faire cet acte de sorcellerie, sinon le voleur?

Et comment expliquer des odeurs si caractéristiques?

Salpêtre, complice du vol? Ou même instigateur?

L'indignation du Roi fut cependant portée à son comble lorsqu'à l'aube on vint lui annoncer le troisième mystère, à savoir :

Le pillage de la grande Banque Universelle.

Des bandits armés et masqués avaient, au cours de la nuit, attaqué la banque, tué les gardiens, forcé

Qui, durant la nuit, a attaqué la Grande Banque Universelle, et volé le trésor? Le chambellan Salpêtre insinue que ce sont les hommes qui ont fait le coup, à l'instigation du magicien. Mais il pourrait se faire qu'il en eût été tout autrement.

la porte blindée, volé la totalité du trésor. Il ne restait plus un centime dans les caisses de l'État.

Et les coupables? Salpêtre, en un brillant discours, fit entendre qu'il ne pouvait s'agir de délinquants ordinaires, mais d'une bande organisée, ayant à sa tête un homme rusé, un véritable savant, fort versé dans les arts mécaniques. Autrement dit, une seule personne, d'après le chambellan, pouvait avoir monté un coup pareil. Et cette personne, c'était De Ambrosiis.

Léonce eut alors le sentiment que le voile se déchirait : mais bien sûr, comment ne l'avait-il pas compris plus tôt? Comment ne s'en était-il pas aperçu lui-même? A présent, tout s'expliquait : De Ambrosiis était jaloux des ours pour lesquels il avait dû gaspiller ses pouvoirs magiques; De Ambrosiis avait simulé le vol de la baguette magique de crainte que le Roi ne lui demande encore un service, et pour jeter également le discrédit sur les ours; De Ambrosiis, toujours pour calomnier les ours, avait mis en scène la fable du banquet nocturne dans la cave (et si lui, Léonce, avait cru un instant découvrir le palais, ce n'avait été qu'un phénomène d'autosuggestion); De Ambrosiis enfin, assoiffé de puissance et d'or, avait organisé le pillage de la banque!

De Ambrosiis fut arrêté une demi-heure plus tard, sur ordre exprès du Roi, bien qu'il protestât comme un beau diable. On le chargea de chaînes et on l'enferma dans la cellule la plus profonde et la plus ténébreuse de la prison.

Mais voyons un peu ce que fabrique au siège de la banque, au milieu des allées et venues des policiers chargés de l'enquête, un certain ours Jasmin, que l'on voit plus souvent déambuler dans les rues de la ville avec un air béat, au point que certains le tiennent pour légèrement cinglé.

« Sors de là! Allez, ouste! » lui crient les gardiens.

Mais lui s'obstine. Il rit d'un petit rire idiot, comme s'il n'avait pas compris, et continue à lorgner partout, particulièrement là où les traces laissées par les voleurs sont les plus évidentes : auprès de la porte blindée de la chambre forte, qui gît au sol, arrachée de ses gonds.

« Alors, ce serait De Ambrosiis? » se demande Jasmin, incrédule, et il se baisse pour ramasser par terre cinq ou six poils qui ont échappé aux regards de la police officielle. Il les renifle, il les regarde à contrejour.

« Minute, farfouilleur! lui hurle un gardien. Qu'est-ce que tu viens de ramasser par terre?

— Rien, ce sont des poils.

— Des poils? Fais voir ça tout de suite! » Et, à peine les a-t-il vus que le policier se met à crier comme un putois : « Les poils de la barbe du magicien! Les poils du magicien! Commissaire! Commissaire! Cette fois, nous tenons une preuve décisive! »

Mais Jasmin continue à rire de son air béat. Il s'agit bien de barbe et de magicien! Ces poils-là, il les a tout de suite reconnus, lui : des poils d'ours, il en mettrait sa tête à couper.

Hélas, ce sont donc les ours qui ont fait le coup! Et De Ambrosiis est innocent. Il faut mettre le Roi Léonce au courant, mais comment? Lui apporter des preuves, mais lesquelles? Et comment sauver De Ambrosiis du gibet? Ce n'est pas d'hier que Jasmin ouvre l'œil. Sans même compter l'histoire de la

banque, il en sait, lui, des choses, que Léonce ne
pourrait pas même imaginer. Désormais il n'y a plus
de temps à perdre. Il faut que le Roi soit averti,
quelque chagrin que cela puisse lui causer. Et Jasmin
décide de lui écrire une lettre.

Chapitre
dixième

Ainsi, au courrier du lendemain, le Roi Léonce reçut le billet suivant, que nous reproduisons textuellement, avec toutes ses fautes d'orthographe (car Jasmin avait toujours été assez cancre à l'école).

Mon bon Roi, tu réchoffes une vipaire,
Qui t'a fait commettre une erreur judiciaire
Un inocent est sous les verroux,
A la grande joie du filou.
Toi : Parle, s'il ne s'agi de faux bruis!
Moi : Je ne tien pas à avoir des ennuis!
Néanmoins, un de ces soirs,
Fais donc un tour au 5, rue de la Tombe-Issoire
N'oubli pas de te mettre en jac-
Quette de soirée, ou en frac.
Avant le lendemain,
Tu remerciera

JASMIN.

Qu'est-ce que c'était que cette nouvelle diablerie? Un nouveau mystère? Comme s'il n'y en avait pas suffisamment comme ça! Le Roi ne savait plus à quel saint se vouer. Cependant, ayant toujours éprouvé de la sympathie pour Jasmin, il résolut de suivre ses conseils.

Lorsque la nuit fut venue, ayant revêtu pour la première fois de sa vie un habit de soirée (car il détestait les vêtements, de quelque nature qu'ils fussent), il se rendit tout seul à l'adresse indiquée. Les rues étaient entièrement désertes.

Au 5, rue de la Tombe-Issoire, se trouvait un élégant hôtel particulier. Le Roi frappa, la porte s'ouvrit, un majordome galonné lui fit gravir un petit escalier, au sommet duquel s'ouvrait, ô merveille, une grande salle. Où Léonce, muet de stupeur, vit une dizaine d'ours extrêmement élégants — certains mêmes portant monocle — se livrant à des jeux de hasard. Des phrases confuses s'entrecroisaient : « Joli coup! Capot! criait l'un, dix mille, vingt mille pour moi! » Et un autre : « A sec! Malédiction, je suis ruiné! Canailles! » Au gré capricieux de la chance, des petits tas d'or changeaient de mains, avec une extraordinaire rapidité. Ici ou là, s'élevaient des querelles. Quelle dépravation, quelle honte! Mais son sang se glaça dans ses veines lorsque ses regards se portèrent vers le fond de la salle. Savez-vous qui se trouvait là? Tonin, son fils Tonin; en train de gaspiller son salaire de jeune prince, et qui en était déjà à jouer ses dernières pièces de monnaie. Assis à sa table, se trouvaient trois ours d'assez mauvaise mine, à l'expression patibulaire. L'un d'eux disait : « Pressons, jeune homme, tu me dois encore 500 sequins! » Et son ton était si menaçant que Tonin, épouvanté, n'ayant plus un sou vaillant, arracha de son cou le précieux pendentif en or que son père lui avait donné pour son anniversaire, et le jeta sur le tapis vert.

« Malheureux! » hurla alors le Roi, encore sur le seuil. Puis il se précipita à travers la salle, empoigna son fils au collet, sans s'inquiéter des protestations des joueurs qui ne l'avaient pas reconnu, le traîna jusqu'à la sortie, et de là, sans prononcer un mot, jusqu'au palais. Tonin, mortifié, sanglotait.

Des mesures énergiques s'imposaient. Le matin même, l'ignoble tripot fut occupé par la police, qui n'y trouva que le petit personnel ; personne ne savait qui était le patron. La maison de jeux avait trois étages :

Rez-de-chaussée : Salle de roulette, bar et vestiaire.

Premier étage : Grand salon pour les jeux de cartes, plus un réduit dans lequel le mystérieux tenancier du tripot entassait ses gains.

Deuxième étage : Cuisine et salle de banquet.

Troisième et dernier étage : Office, dortoir pour le personnel, où était installé un jeu de quilles, et une petite chambre punitive, dans laquelle les joueurs surpris à tricher étaient d'abord fessés à coups de tapette à habits, puis contraints d'apprendre par cœur des poésies éducatives, comme : « La cigale et la fourmi ». (Ceci parce que la direction voulait, avec une grande hypocrisie, donner à entendre que la maison n'était fréquentée que par des ours bien élevés.)

Toute cette histoire bouleversa le Roi Léonce. Donc l'arrestation du magicien n'avait pas suffi à extirper tout le mal. A qui pouvait appartenir cette maison de jeux ? Et pourquoi Jasmin n'avait-il pas eu le courage de s'expliquer plus clairement ? Plus le Roi y pensait, et plus ses idées s'embrouillaient. Néanmoins, il en arrivait toujours à la même conclusion : quelqu'un, qui n'était pas le Professeur De Ambrosiis, semait crime et corruption chez les ours. Ce devait être une personne riche, influente et extrêmement rusée, qui agissait dans l'ombre, attentive à ne pas

Le Roi Léonce, sur les indications de l'ours policier Jasmin, visite un hôtel particulier, rue de la Tombe-Issoire, et y découvre un tripot, autrement dit une maison de jeux. Ce n'est pas tout. Il surprend son fils Tonin, gaspillant à ce vice ruineux tout ce qu'il possède.

se laisser surprendre. Qu'on tarde à la démasquer, et adieu paix et tranquillité!

Alors, le Roi Léonce, pour prendre conseil et tâter le terrain, organisa une assemblée générale. Hommes et ours, délaissant loisirs et affaires, se réunirent sur la place. Où s'échangea le dialogue suivant :

Le Roi, d'une voix tragique :

« Qui a volé la baguette magique? »

Les hommes, en chœur : « Pas nous, pas nous. »

Les ours, idem : « Ni nous, ni nous. »

Le Roi : « Toi, Salpêtre, tu ne soupçonnes personne? »

Salpêtre :

« Il semble que nous ayons, Majesté, des questions plus urgentes à traiter. »

Le Roi :

« Eh bien, est-ce que, par exemple, tu estimes qu'on a pillé la banque jusqu'au dernier centime sans recourir à quelque diablerie? »

Salpêtre (il sourit) :

« Par pitié, Majesté, quitte cet air morose! Regarde plutôt ce que je te propose... »

Le Roi :

« Non, non, il faut en finir! Ce tripot, à qui peut-il appartenir? »

Les hommes, d'une seule voix :

« Que t'obstines-tu, Majesté, tu ne pourras que le regretter! »

Salpêtre (montrant un dessin au Roi) :

« Examine plutôt ce projet de monument, je crois que tu seras content! »

C'était le dessin d'une immense statue qui le représentait justement, lui, le Roi Léonce. Et comme les

Pour apaiser le chagrin de son Roi, le chambellan Salpêtre fait édifier un gigantesque monument en son
honneur. Mais la joie est de courte durée. En bas, à
droite, apparaît en courant un groupe de pêcheurs
épouvantés, qui doivent être porteurs d'une mauvaise
nouvelle.

ours, eux aussi, sont pétris de chair et de vanité, voilà que toutes les préoccupations du Roi s'évanouissent d'un seul coup. « Oh, mon bon Salpêtre! s'écrie-t-il, ému. Je ne mesure qu'à présent l'étendue de ton affection! Dire, qu'un instant, j'avais douté de toi! » Et, sur-le-champ, il oublie tout le reste.

Cette fois — bien que nous répugnions à l'admettre — il faut reconnaître que le Roi Léonce manifesta une bien grande naïveté. La pensée de ce monument lui fit perdre littéralement la tête. Les autres préoccupations disparurent comme par enchantement. Eh bien quoi, De Ambrosiis? Quels crimes? Quel tripot? Léonce expédia aussitôt un bataillon d'ours dans la montagne, pour chercher le marbre nécessaire, engagea des ingénieurs, des maçons et des tailleurs de pierre, et donna ordre de commencer les travaux.

Pierre à pierre, l'immense statue commença bientôt à s'élever, au sommet d'une colline qui surplombait la ville; elle serait visible à des dizaines de kilomètres de distance. Des centaines d'ours travaillaient jour et nuit, et, de temps en temps, le Roi visitait le chantier, son chambellan lui fournissant alors toutes les explications qu'il pouvait souhaiter. Bien vite, pierre après pierre, on arriva à la tête. Le museau de l'ours gigantesque commençait à se profiler contre l'azur du ciel. A bord de ballons captifs et de petits dirigeables, les ingénieurs volaient au-dessus de la ville, pour juger de l'effet.

« Mais pourquoi a-t-on fait ce museau si long? pensait Léonce. Je n'ai jamais eu le museau si long. On dirait plutôt celui de Salpêtre, vu de loin. »

Cependant, il n'osait pas le dire tout haut, ne voulant froisser personne. Et la statue, déjà, dominait

majestueusement la ville, le golfe, et la haute mer;
l'inauguration pourrait bientôt avoir lieu.

Mais comme il est écrit que dans la vie on ne peut
jamais être tranquille, voilà qu'un petit groupe de
pêcheurs arrive sur la place, en proie à une vive terreur. « Au secours! Au secours! crient-ils, c'est la
fin! »

Un immense serpent de mer vient d'arriver,
racontent-ils, et, sortant des flots son cou démesuré
pour atteindre la rive, il a déjà englouti trois maisons
et une petite église, curé et sacristain compris.

Chapitre onzième

Les hommes :

> Grand serpent, qui sors de l'onde,
> Émergeant d'un autre monde
> Viens-tu nous apporter des fleurs
> Ou des pleurs?

Le serpent :

> Oh! non! ma voix n'apporte
> Rien de cette sorte
> Mais l'écho du mystère profond
> Des grand's fonds.

Les hommes :

> Du vertige des abysses
> Nous sauve le sacrifice
> De Jésus qui meurt chaque jour
> Par amour.

Le serpent :

> Jamais vous ne connaîtrez
> Le salut! De l'enfer, vous prendrez
> Par ma morsure et mon venin
> Le chemin!

Les hommes :
> *La peste et les flammes*
> *Dévorent nos jardins,*
> *Sauvez vite, ô femmes,*
> *Vos bambins!*

Alors, les mamans se sauvèrent en courant des maisons, emportant leurs enfants dans leurs bras, et les hommes eux aussi prirent la fuite, et les chiens, et les petits oiseaux capables de voler. Mais, pour sauver la ville, le Roi Léonce, accompagné des plus braves parmi ses ours, descendit vers la mer, et s'embarqua sur une chaloupe pour aller combattre le monstre. Léonce était armé d'un puissant harpon, les autres de mousquets et d'arquebuses. Salpêtre était là, lui aussi, avec un grand fusil : il avait insisté pour venir, bien que le Roi lui eût dit qu'il pouvait rester chez lui.

Une foule immense s'était massée sur la côte pour suivre, haletante, le petit bateau qui, déjà, sous l'effort vigoureux des rameurs, s'éloignait de la côte pour se rapprocher du terrible monstre, dont la tête, à intervalles réguliers, sortait des flots bouillonnants d'écume.

Léonce, debout tout à l'avant de la proue, levait son harpon, prêt à frapper le premier coup.

Tout à coup se déroula et jaillit de l'onde un cou aussi énorme que le tronc d'un chêne, surmonté de la tête la plus effrayante qu'on puisse imaginer. Ouvrant une gueule béante comme l'entrée d'une caverne, le serpent se jeta sur la fragile embarcation. Alors, Léonce lança le harpon.

En sifflant, la flèche partit comme l'éclair, et s'enfonça d'au moins trois pouces dans la gorge du monstre. Puis une détonation retentit, assourdis-

A bord d'un petit bateau, le Roi Léonce se lance contre le terrible Serpent de Mer qui menace la ville. Mais la perfidie de Salpêtre — vous allez voir! — va faire passer le peuple de la joie délirante à la tragédie et au deuil.

sante : les compagnons du Roi avaient tous ensemble déchargé leurs armes, pour le coup de grâce.

Un instant, la chaloupe demeura noyée dans un épais nuage de fumée, après la salve. Puis, cependant que le serpent de mer s'abîmait dans les flots, au milieu d'un bouillonnement de sang, et qu'un immense cri de joie retentissait d'une rive à l'autre, le vent dissipa la fumée ; et l'on put voir.

L'on put voir, sur la proue du petit bâtiment, le Roi Léonce, gisant les bras en croix ; le sang ruisselait de son dos. Au même instant, l'un des rameurs, quittant son banc, bondissait, brandissant une hache, se jetait sur le chambellan Salpêtre et, d'un seul coup, lui tranchait la tête. C'était l'ours Jasmin.

Tragédie!

S'étant embarqué précisément pour surveiller Salpêtre, le brave ours policier avait tout vu : profitant de la salve générale, le chambellan avait tiré non point contre le monstre, mais contre son Roi. Hélas! il y avait déjà un certain temps que le timide Jasmin soupçonnait la vérité, mais il n'avait pas eu le courage de dévoiler au souverain tout ce qu'il croyait avoir deviné : que la baguette magique avait été volée par Salpêtre, que c'était à Salpêtre que l'on devait les banquets dans la cave du palais enchanté ; Salpêtre encore avait dévalisé la banque, monté ce tripot, Salpêtre complotait pour se débarrasser de Léonce et lui arracher sa couronne ; le monument, même, c'était à Salpêtre qu'il était destiné, et non pas au Roi qui n'avait jamais eu, lui, le museau aussi long. Mais Jasmin, espérant toujours que le chambellan finirait par se trahir, n'avait renseigné Léonce que pour l'affaire du tripot. Et, désormais, il était trop tard.

Ayant à son bord le Roi mortellement blessé, le petit bateau regagna rapidement la rive dans le silence le plus total : la foule, pétrifiée de douleur, ne trouvait pas même la force de pleurer.

On débarqua Léonce sur la plage, puis on le transporta au palais ; les médecins se précipitèrent à son chevet, mais n'osèrent pas se prononcer. Seul, l'un d'entre eux secoua lentement la tête, laissant entendre qu'il n'y avait plus d'espoir.

Chapitre douzième

Et nous voici arrivés au soir où le Roi Léonce, sentant sa fin approcher, fit appeler son fils et ses plus fidèles compagnons. De son corps percé par la balle, la vie s'échappait peu à peu.

Pour ne pas ajouter à son chagrin, personne n'avait eu le courage de lui dire que la baguette magique, ainsi que l'or soustrait à la banque, avaient été retrouvés dans le palais même de Salpêtre, qu'effectivement ce palais magnifique existait bel et bien, et que le fameux soir, le chambellan, s'étant aperçu que le Roi approchait, l'avait fait momentanément disparaître d'un coup de cette baguette qu'il avait dérobée.

Par contre, le souverain fut très content de voir apparaître dans sa chambre le Professeur De Ambrosiis, qu'il avait aussitôt fait remettre en liberté.

« Ne nous laisse pas, papa, implorait son fils Tonin, que deviendrons-nous, sans toi? C'est grâce à toi que nous sommes descendus de nos montagnes, c'est toi qui nous as libérés de nos ennemis et du serpent de mer. Qui, à présent, gouvernera notre peuple?

— Ne te tourmente pas, mon petit Tonin, murmura le Roi, personne n'est indispensable, en ce bas monde. Moi parti, il se trouvera bien quelque autre honnête homme capable de maintenir la couronne. Mais, pour votre salut, mes frères, il y a une chose que vous devez me promettre.

— Parle, ô Roi, dirent-ils tous, en tombant à genoux. Nous t'écoutons.

— Retournez dans vos montagnes, dit lentement Léonce. Quittez cette ville, où vous n'avez trouvé que la richesse, et non point la paix de l'âme. Quittez ces vêtements ridicules. Jetez l'or au loin. Jetez les canons, les fusils et toutes les autres diableries que vous avez apprises des hommes. Redevenez ce que vous étiez auparavant. Que l'on vivait heureux dans ces grottes solitaires, ouvertes à tous les vents, tellement plus heureux que dans ces palais mélancoliques, remplis de cafards et de poussière! Les champignons des forêts et le miel sauvage vous paraîtront à nouveau les plus exquis des mets. Oh! retournez boire l'eau pure des sources, au lieu de ce vin qui vous ruine la santé. Ce sera dur de se détacher de tant de belles choses, je le sais, mais, après, vous vous sentirez mieux, et vous deviendrez même plus beaux. Nous avons engraissé, mes amis, il faut le dire, nous avons pris du ventre.

— Oh! pardonne-nous, bon Roi, dirent-ils tous, nous t'obéirons, tu verras. »

Le Roi Léonce se redressa alors sur ses oreillers, pour respirer l'air parfumé du soir. La nuit tombait. Et, des fenêtres grandes ouvertes, on voyait la cité qui resplendissait de mille feux aux derniers rayons

Obéissant aux dernières volontés de leur valeureux et
malheureux souverain, les ours abandonnent richesses,
élégances et crapules pour retourner dans leurs vieilles
montagnes. Leur cortège interminable s'éloigne. Nous
ne les verrons jamais plus. Adieu, adieu!

du soleil, les jardins fleuris, et, au fond, une traînée de mer céleste, qui paraissait de rêve.

Un grand silence se fit. Et, tout à coup, les petits oiseaux se mirent à chanter. Ils entraient par la fenêtre, tenant chacun dans leur bec une petite fleur, qu'en voletant gracieusement ils venaient déposer sur le lit de l'ours mourant.

« Adieu, mon petit Tonin, murmura encore le Roi, cette fois, il faut vraiment que je parte. Si cela ne doit pas vous donner trop de mal, j'aimerais que vous me transportiez moi aussi jusqu'à nos montagnes. Adieu à toi aussi, De Ambrosiis, un petit coup de ta baguette magique ne serait peut-être pas inutile pour aider mes braves bêtes à s'assagir ! »

Il ferma les yeux. Il lui sembla alors que des ombres familières, les esprits d'ours anciens, de ses ancêtres, de son père, de ses compagnons tués au combat, s'approchaient de lui pour l'accompagner au lointain paradis des ours, où règne un éternel printemps. Et il acheva sa vie sur un sourire.

Et le jour suivant, les ours partirent.

Devant les hommes stupéfaits (et même un peu chagrins, car, dans l'ensemble, ils s'étaient pris d'amitié pour ces bêtes), ils abandonnèrent maisons et palais tels quels, sans emporter même une épingle, ils entassèrent sur une place les armes, les vêtements, les décorations, les panaches, les uniformes, etc., et ils y mirent le feu. Ils distribuèrent aux pauvres tout leur argent, jusqu'au dernier centime. Puis, en silence, ils se formèrent en colonne pour reprendre la route que, treize années auparavant, ils avaient descendue de victoire en victoire.

On dit que la foule des hommes, entassée au sommet des murailles, se répandit en sanglots et en lamentations lorsque le corps du Roi Léonce, supporté par quatre ours d'une force herculéenne, sortit par la porte principale, au milieu d'une forêt de torches et de drapeaux (et peut-être, vous aussi, aurez-vous un peu de peine de le voir partir pour toujours!).

Les enfants :

> Le soir tombe, on n'y voit plus goutte,
> Les méchantes fées, sur la route,
> Vont vous suivre jusqu'à l'aurore :
> Gentils oursons, ne partez pas encore!
> Ou, du moins, attendez un peu,
> Nous connaissons un nouveau jeu
> Magnifique! On ne vous embêtera
> Plus jamais! Même, on vous donnera
> Les bonbons que papa nous rapporte
>   d'Espagne.
> Et nous irons ensemble, dans la cam-
>   pagne,
> Jouer aux Indiens, faire les diables,
> Bâtir de grands volcans de sable,
> Des trains, des navires, des châteaux,
> Des cerfs-volants, des toupies, des ba-
>   teaux.
> Et le soir, à nouveau, nous chanterons.
> Oh! comme nous nous amuserons!

Les oursons :

> Petits enfants, par pitié,
> N'ajoutez pas à notre tristesse!
> Nous sommes déjà si ennuyés
> De partir sans laisser d'adresse.

Nous aussi, nous aurions bien voulu
Jusqu'à l'heure où le soleil décline
Rester jouer parmi les aubépines
Que nous ne verrons jamais plus.
Hélas, c'est impossible! Notre Dieu
Nous attend là-haut. Les rêves
Ont une fin et notre histoire s'achève,
Il ne nous reste plus qu'à dire : adieu,
    adieu!

Et, le long de la blanche route qui se perdait en direction des montagnes, une longue caravane s'éloignait déjà; bientôt le dernier peloton quitta à son tour la cité, se retournant pour un ultime salut.

Peu à peu, l'interminable cortège devenait plus petit, et plus mince; vers le coucher du soleil, on ne distinguait plus qu'une étroite ligne noire sur l'échine d'un col éloigné (mais beaucoup plus loin encore, à une distance incalculable, resplendissaient les hautes cimes, dans leurs solitudes glacées). Puis l'on ne vit plus rien.

Où fut enterré le Roi Léonce? Dans quel bois de sapins, dans quel vert pâturage, au cœur de quel rocher? Personne ne l'a jamais su, et personne, probablement, ne le saura jamais. Et que firent ensuite les ours, dans leur antique royaume? Autant de secrets que les montagnes conservent à jamais.

Pour rappeler la présence des ours parmi nous, il ne reste que le monument inachevé, avec sa tête à demi terminée, qui domine les toits de la capitale. Mais les tempêtes, le vent, les siècles ont peu à peu dégradé jusqu'à ce dernier témoin. L'année dernière, il n'en restait que quelques pierres rongées, impossibles à identifier, entassées dans un coin de jardin.

« D'où viennent donc ces étranges masses de pierre? avons-nous demandé à un vieux patriarche, qui passait par là.

— Comment, monsieur, dit-il aimablement, vous l'ignorez? Ce sont les vestiges d'une antique statue. Vous voyez? Autrefois, dans la nuit des temps... »

Et il se mit à raconter.

table
des illustrations

Dans la nuit des temps, sur les antiques montagnes de Sicile, deux chasseurs capturèrent l'ourson Tonin, fils de Léonce, Roi des ours. Mais ceci se passait quelques années avant le début de notre histoire.   9

Poussés par la faim et le froid, les ours descendent vers la plaine et se heurtent aux troupes aguerries du Grand-Duc, accourues pour les repousser. Mais l'intrépidité de l'ours Babbon met en fuite l'armée grand-ducale.   25

Les sangliers de guerre du Sire de Molfette attaquent les ours par surprise, mais, d'un coup de baguette, l'astrologue De Ambrosiis les change en ballons aérostatiques, que berce doucement la brise. D'où la fameuse légende des sangliers volants de Molfette.   33

Le Professeur De Ambrosiis attire les ours vers l'horrible Roche-Démon, peuplée de spectres, dans l'espoir de les voir mourir d'épouvante. Pouvait-il imaginer que tout s'achèverait sur des chants et des rires, des valses et des menuets entre les ruines croulantes?   41

Au cœur des sinistres monts Péloritains, les ours sont assaillis par le Croquemitaine assoiffé de sang. L'un fuit, l'autre décharge en vain son arme, cet autre se cache, cet autre encore préfère se jeter dans le vide, plutôt que d'aller remplir l'estomac du monstre.   49

Ayant à leur tête le Roi Léonce, les ours attaquent le Château du Cormoran, aux portes de la capitale, et le prennent d'assaut, après trente-deux heures de luttes sanglantes, grâce à d'ingénieux procédés et à des machines conçues par l'ours Frangipane.   59

Coup de théâtre historique sur la scène de l'Excelsior : les ours victorieux font irruption dans la salle, le Roi Léonce reconnaît, en l'ourson équilibriste, le fils qu'on lui avait enlevé tout enfant et le Grand-Duc, pour se venger, décharge son arme sur ce même ourson. 65

La Sicile ainsi conquise, les valeureux bataillons d'ours défilent sur la Grand-Place. L'ourson Tonin, sauvé grâce à l'intervention du Professeur De Ambrosiis, peut également y assister, mais il est encore un peu faible, ayant perdu beaucoup de sang ; voilà pourquoi il est sur une chaise longue. 73

Aux accents d'orchestres choisis se déroule, le soir venu, une fête dansante dans les jardins illuminés de mille lumières ; revenu à de bons sentiments, le Professeur De Ambrosiis, que son grand âge empêche de participer aux danses, se contente, réfugié dans un petit coin, d'observer la scène.   75

La baguette magique du Professeur De Ambrosiis ayant été volée, le Roi Léonce harangue la foule, exhortant le coupable à restituer le précieux objet et menaçant chacun, sinon, de sanctions sévères. Il est très en colère. 81

Nouveaux symptômes de corruption chez les ours. Le Professeur De Ambrosiis raconte avoir vu, dans les caves d'un palais mystérieux, les bêtes s'abandonner honteusement à de hideuses ripailles. Le récit laisse le Roi Léonce perplexe et profondément écœuré. 87

Qui, durant la nuit, a attaqué la Grande Banque Universelle, et volé le trésor ? Le chambellan Salpêtre insinue que ce sont les hommes qui ont fait le coup, à l'instigation du magicien. Mais il pourrait se faire qu'il en eût été tout autrement. 89

Le Roi Léonce, sur les indications de l'ours policier Jasmin, visite un hôtel particulier, rue de la Tombe-Issoire, et y découvre un tripot, autrement dit une maison de jeux. Ce n'est pas tout. Il surprend son fils Tonin, gaspillant à ce vice ruineux tout ce qu'il possède. 97

Pour apaiser le chagrin de son Roi, le chambellan Salpêtre fait édifier un gigantesque monument en son honneur. Mais la joie est de courte durée. En bas, à droite, apparaît en courant un groupe de pêcheurs épouvantés, qui doivent être porteurs d'une mauvaise nouvelle. 99

A bord d'un petit bateau, le Roi Léonce se lance contre le terrible Serpent de Mer qui menace la ville. Mais la perfidie

de Salpêtre — vous allez voir! — va faire passer le peuple
de la joie délirante à la tragédie et au deuil. 105

Obéissant aux dernières volontés de leur valeureux et malheureux souverain, les ours abandonnent richesses, élégances
et crapules pour retourner dans leurs vieilles montagnes.
Leur cortège interminable s'éloigne. Nous ne les verrons
jamais plus. Adieu, adieu! 111

table

Chapitre premier   19
Chapitre deuxième   27
Chapitre troisième   35
Chapitre quatrième   45
Chapitre cinquième   53
Chapitre sixième   61
Chapitre septième   69
Chapitre huitième   77
Chapitre neuvième   85
Chapitre dixième   93
Chapitre onzième   103
Chapitre douzième   109

FOLIO JUNIOR ÉDITION SPÉCIALE

Dino Buzzati

La fameuse invasion de la Sicile par les ours

Supplément réalisé par
Christian Biet,
Jean-Paul Brighelli,
Claude Millet
et Jean-Luc Rispail

Illustrations de Serge Bloch

SOMMAIRE

QUEL CHEF SERIEZ-VOUS ?

1. AU FIL DU TEXTE

PREMIÈRE PARTIE (p. 124)

Dix questions pour commencer
Écoutons bouche bée
Embrouille-à-rimes
Messieurs les noms communs
Mots-valises
Un artiste nommé Buzzati
Un héros : Émeri
Au pied de la lettre
L'art de faire mal

DEUXIÈME PARTIE (p. 131)

Dix questions pour continuer
Sa Majesté l'ours
L'accordéon du temps
Mais où sont les ours d'antan ?
Une histoire de racine
Mystère et boule de gomme
Question monstre
Dans la gueule du loup
Un dénouement tragique
La complainte du bon Roi Léonce

2. JEUX ET APPLICATIONS (p. 138)

Grille
D'étranges machines
Un ourson perdu
Chassé-croisé
Charade
Mots magiques

3. LES GUERRES EXTRAORDINAIRES DANS LA LITTÉRATURE (p. 143)

Les Tambours, Reiner Zimnik
Le Roi Mathias Ier, Janusz Korczak
Gargantua, François Rabelais
La Guerre des mots, Daniel Depland
La Guerre des mondes, H. G. Wells
Les Loups et les Brebis, Jean de La Fontaine

4. SOLUTIONS DES JEUX (p. 150)

QUEL CHEF SERIEZ-VOUS ?

Si une baguette magique, une conspiration ou une élection faisait de vous le chef, seriez-vous comme Léonce un bon Roi, brave mais un peu naïf, ou un chef lucide et efficace ? A moins que vous ne soyez un Grand-Duc en puissance... Pour le savoir, répondez aux questions suivantes. Comptez ensuite le nombre de △, □, ○ obtenus, et rendez-vous à la page des solutions.

1. *Un petit n'arrive pas à faire ses soustractions :*
A. Vous les lui faites ○
B. Vous le laissez pleurer □
C. Vous lui en faites faire dix supplémentaires △

2. *Votre plat préféré est :*
A. Une côtelette d'agneau saignante ○
B. Des spaghettis à la bolognaise △
C. Une mousse au chocolat □

3. *Lors de l'élection du chef de classe, vous votez :*
A. Pour celui qui n'aura qu'une voix △
B. Pour votre meilleur ami, bien sûr △
C. Pour vous, sans hésiter ○

4. *Si vous étiez un animal, vous seriez :*
A. Un tigre ○
B. Un cheval △
C. Un chien □

5. *Vous ne supportez pas :*
A. Un bain refroidi □
B. Un repas qui n'en finit pas △
C. Un réveil qui sonne ○

6. *Plus tard, vous aimeriez être :*
A. Mécanicien △
B. Pilote ○
C. Avocat □

7. *Vos deux meilleurs amis se sont disputés :*
A. Vous n'y pouvez rien, mais vous êtes triste □
B. Vous intervenez immédiatement △
C. Vous envenimez la situation ○

8. *Vous êtes coincé dans l'ascenceur :*
A. Sans panique, vous appuyez sur l'alarme △
B. Vous tambourinez contre la porte ○
C. Vous ne savez que faire □

9. *Pour vous, un balai sert :*
A. A faire le ménage □
B. Quand on est sorcière ○
C. Quand les voisins font trop de bruit △

10. *Dans un sport d'équipe, vous êtes plutôt :*
A. Avant ○
B. Arbitre △
C. Arrière □

Solutions page 150

1
AU FIL DU TEXTE
PREMIÈRE PARTIE (p. 9-21)
Dix questions pour commencer

Avez-vous bien suivi les cinq premiers épisodes ? Répondez aux questions suivantes sans revenir au texte, puis rendez-vous à la page des solutions.

1. *Tonin a été enlevé :*
A. Par deux espions du Grand-Duc
B. Par Croquemitaine
C. Par deux chasseurs

2. *Le Grand-Duc observe la bataille :*
A. Avec une lunette truquée
B. Avec un monocle pendu à un fil doré
C. Avec le télescope du magicien

3. *De Ambrosiis transforme les sangliers :*
A. En cerfs-volants
B. En ballons aérostatiques
C. En montgolfières

4. *Martonella est le nom :*
A. De la femme du Grand-Duc
B. D'un vieux château peuplé de fantômes
C. D'un brigand mort dans le château

5. *Une loi stipule que les fantômes n'ont pas le droit de se montrer :*
A. Plus d'une fois par an
B. Plus d'une fois par siècle
C. Plus d'une fois par mois

6. *Troll traite De Ambrosiis :*
A. De mouchoir de poche
B. De cadavre ambulant
C. De bec de corbeau bouilli

7. *Émeri :*
A. A des rondeurs
B. N'y voit pas clair
C. Est un peu dur d'oreille

8. *En marche vers Cormoran, les ours pensent :*
A. Qu'on va les accueillir avec des brioches et du miel
B. Qu'on va les accueillir à coups de canon
C. Qu'ils sortiront victorieux de la bataille

9. *Frangipane fabrique :*
A. Une machine à faire des boules de neige
B. Une catapulte à ours
C. Des mousquets à répétition

10. *Quand les ours reviennent à l'attaque, le Grand-Duc :*
A. Se précipite hors de ses appartements
B. Convoque De Ambrosiis
C. Met un habit pour aller au théâtre

Solutions page 150

Ecoutons bouche bée

Vous ne connaissez sans doute aucun roman qui ressemble à *La Fameuse Invasion de la Sicile par les ours*. Pourtant, l'auteur s'est inspiré d'autres genres littéraires.

1. Connaissez-vous d'autres « romans » écrits en vers ?
- Pourquoi avait-on l'habitude d'écrire en vers ?
- Quels étaient les sujets de prédilection de ces romans ?

2. Dans quel genre littéraire présente-t-on d'abord les personnages et le décor ?
- Pourquoi est-on obligé de le faire ?
- A votre avis, pourquoi Dino Buzzati a-t-il repris ce procédé ?

3. Enfin, vous connaissez à coup sûr des histoires dans lesquelles le narrateur s'adresse directement au lecteur. Pourquoi, à votre avis ?
- Cela produit-il une impression de réalisme ?
Parfois aussi, dans un roman « traditionnel », l'histoire est racontée par l'un des personnages, et non par un narrateur extérieur. Ainsi, dans *L'Ile au trésor*, Stevenson fait parler tour à tour plusieurs personnages qui racontent chacun l'épisode qu'ils ont vécu.
- Cette fois-ci, cela donne-t-il une allure plus réaliste au récit ? Pourquoi ?

moi !
j'aime
pas les
bêtes !...

4. On voit apparaître des monstres dans ce récit, ainsi qu'un magicien. Dans quels livres en avez-vous rencontré ?
- Connaissez-vous d'autres histoires dans lesquelles des animaux jouent un rôle à l'égal des humains ?
- Quel est l'intérêt de mélanger ainsi des personnages de natures très diverses ?
- Cela influe-t-il sur le déroulement du récit ? Et sur la morale de l'histoire ?

Embrouille-à-rimes

Étrange récit : il est tantôt en vers, tantôt en prose. Voici un passage en vers dont les rimes ont été mélangées. Sans vous reporter au texte aidez-nous à les remettre en ordre.

> Hélas ! Ce n'est plus rien
> Comme au temps de notre mère joie
> Où une baguette suffit
> Pour répandre partout la valeur
>
> La baguette du magicien
> Ne peut servir que deux fois
> Deux fois seulement, après aujourd'hui
> Elle n'a plus aucune l'oie
>
> Aucun remède ne servirait à quoi
> Sang de dragon, bec de corbeau fini
> Deux fois seulement et c'est bouilli
> Plus de baguette et plus de Professeur

Messieurs les noms communs

1. Ce sont les frères Montgolfier qui ont inventé les premiers ballons aérostatiques, les montgolfières. D'autres objets ont pris ainsi le nom d'un personnage historique. Pouvez-vous retrouver ceux que nous vous soumettons ? Faites attention, car dans la liste s'est glissé un intrus ! Sans regarder les solutions, aidez-vous d'un dictionnaire.

1. Chateaubriand - 2. poubelle - 3. mansarde - 4. macadam - 5. saxophone - 6. thermomètre - 7. savarin - 8. dédale - 9. guillotine - 10. sandwich

Solutions page 151

Mots-valises

1. Il existe bien des façons de former des mots. Vous-même, vous pouvez inventer des mots qui n'existent pas. En jouant avec les sonorités on peut inventer des « mots-valises ».

Que pourrait être, selon vous, un aspire-à-tort, un vélo-menteur, ou un violon-selle ?

je suis un Mongol fier !

2. A partir du mot le plus drôle que vous aurez inventé, racontez la légende d'une métamorphose. Les sangliers peuvent devenir, vous l'avez vu, des ballons aérostatiques !

Vous pouvez aussi vous mettre à plusieurs pour décrire une métamorphose extraordinaire.

a) Chacun prend une feuille vierge et inscrit une première phrase en décrivant le personnage ou l'objet de départ. Il plie ensuite le bord de la feuille (pour cacher la phrase) et la passe à son voisin.

b) Sur la feuille que vous venez de recevoir, racontez maintenant la bêtise ou le bienfait qui a provoqué la métamorphose.

c) Poursuivez en décrivant la métamorphose, puis ce qui la provoque.

d) Enfin, donnez une morale.

En dépliant les feuilles vous découvrirez cinq métamorphoses hallucinantes !

3. Une montgolfière légèrement transformée devient : un Mongol fier. De même une merveille devient une mère veille. A vous de métamorphoser les mots suivants :

Murmurer - secrétaire - police

Un artiste nommé Buzzati

Prenez vos lunettes, vos besicles, votre monocle, ouvrez les yeux tout simplement et regardez bien l'image de la page 25, après avoir lu le récit de la bataille. Dino Buzzati a illustré lui-même son histoire ; or il ne donne pas toujours les mêmes informations, selon qu'il se fait conteur ou dessinateur. Afin de relever toutes les anomalies que vous aurez remarquées, classez dans un tableau à trois colonnes :
- les détails de la bataille propres au texte
- les détails de la bataille propres à l'image
- les détails qui sont présents dans le texte et dans l'image

Écrivez ensuite votre propre récit de cette bataille en utilisant le plus de détails possible.

Un héros : Émeri

1. Pour terrasser le Croquemitaine, il faut toute l'intrépidité d'Émeri. C'est souvent pour mettre en valeur les qualités des héros que des créatures monstrueuses apparaissent dans les épopées. Quels sont vos héros de roman ou de légende préférés ?
- Quels sont leurs principales qualités, et leurs plus graves défauts ?
- Au service de qui un héros met-il sa force ?

2. Voici quelques qualités qui conviennent bien à un héros ; mais, s'il laisse ses succès lui monter à la tête, elles pourraient se pervertir ! Reliez chaque qualité au défaut qui lui ressemble.

A. La force	1. L'hypocrisie	
B. Le courage	2. La brutalité	
C. La ruse	3. La naïveté	
D. La fierté	4. La faiblesse	
E. L'honnêteté	5. La prétention	
F. La générosité	6. La témérité	

3. A vous d'inventer votre propre héros ! Attribuez-lui des qualités, mais aussi quelques défauts sans lesquels il semblerait inhumain.

Solutions page 151

Au pied de la lettre

1. Voici la fable de La Fontaine d'où vient l'expression « le pavé de l'ours ». Un ours montagnard, « à demi léché », et un vieil homme amateur de beaux jardins s'ennuyaient chacun de leur côté. Au hasard d'une promenade, ils se rencontrent : le vieillard invite alors l'ours à vivre chez lui...

L'OURS ET L'AMATEUR DES JARDINS

... Les voilà bons amis avant que d'arriver.
Arrivés, les voilà se trouvant bien ensemble ;
    Et bien qu'on soit à ce qu'il semble
    Beaucoup mieux seul qu'avec des sots,
Comme l'Ours en un jour ne disait pas deux mots
L'homme pouvait sans bruit vaquer à son ouvrage.
L'Ours allait à la chasse, apportait du gibier,
    Faisait son principal métier
D'être bon émoucheur, écartait du visage
De son ami dormant, ce parasite ailé,
    Que nous avons mouche appelé.
Un jour que le vieillard dormait d'un profond somme,
Sur le bout de son nez une allant se placer
Mit l'Ours au désespoir, il eut beau la chasser.
« Je t'attraperai bien, dit-il. Et voici comme. »
Aussitôt fait que dit ; le fidèle émoucheur
Vous empoigne un pavé, le lance avec roideur,
Casse la tête à l'homme en écrasant la mouche,
Et non moins bon archer que mauvais raisonneur :
Roide mort étendu sur la place il le couche.
Rien n'est si dangereux qu'un ignorant ami ;
    Mieux vaudrait un sage ennemi.

Jean de La Fontaine,
Fables

A la manière de La Fontaine, imaginez une fable qui illustrera l'expression « vendre la peau de l'ours ». Nous vous proposons les rimes.

...... Canada	...... homme
...... se vanta	...... somme
...... chasse	...... ruiner
...... glace	...... attendre
...... payer	...... vendre

2. Rendez son sens exact à chacune de ces expressions.

A. Tourner comme un ours en cage

B. Vendre la peau de l'ours

C. Être un ours mal léché

D. Lancer le pavé de l'ours

1. Disposer d'une chose qu'on n'a pas encore

2. Porter tort à quelqu'un en voulant lui rendre service

3. Aller et venir pour tromper l'ennui

4. Être rustre et fuir la compagnie

Rédigez une ou deux phrases en utilisant au moins trois de ces expressions.

3. Les ours sont rares dans les proverbes. Mais ils pourraient bien avoir l'idée de les envahir ! Nous aurions alors : pierre qui roule n'amasse pas ours, ou bien : qui vole une bourse, vole un ours.

Transformez ainsi les proverbes suivants :

- Jeu de main, jeu de vilain
- L'habit ne fait pas le moine
- Les chiens aboient, la caravane passe
- Chassez le naturel, il revient au galop
- Une hirondelle ne fait pas le printemps

Solutions page 151

L'art de faire mal

1. Frangipane a inventé une ingénieuse catapulte à ours, et un lance-miel bouillant. Mais le mode d'emploi n'en est pas donné dans le détail. Faites vous-même le plan de l'engin, en utilisant plusieurs vues et des coupes, et expliquez-en le fonctionnement.

2. Vous connaissez, bien sûr, le cheval de Troie, inventé par Ulysse. Quelle autre machine de guerre « diabolique » pourriez-vous concevoir à votre tour ? Inspirez-vous des machines romaines et médiévales, mais imaginez des projectiles plus variés que les quartiers de rocher et les javelots.

3. L'homme a inventé toutes sortes de machines destinées à détruire son prochain. Quelles réflexions une telle imagination vous inspire-t-elle ?

DEUXIÈME PARTIE (p. 61-115)

Dix questions pour continuer

Avez-vous suivi la marche des ours vers les plaines de la Sicile ? Concentrez-vous pour répondre à ces questions sur le texte sans vous reporter au livre. Rendez-vous ensuite à la page des solutions.

1. *Au théâtre, De Ambrosiis a du mal à garder l'incognito :*
A. Parce qu'il porte son éternel chapeau claque
B. Parce qu'il a oublié de se rendre invisible
C. Parce qu'on reconnaîtrait sa figure entre mille

2. *L'ourson acrobate s'appelle :*
A. David
B. Gauleiter
C. Goliath

3. *Tonin vient d'être blessé ; qui apparaît ?*
A. La colombe de la bonté et de la paix
B. La danseuse-étoile
C. Le Loup-Garou

4. *Qui a tiré sur Tonin ?*
A. Le Grand-Duc
B. De Ambrosiis
C. Le Sire de Molfette

5. *Salpêtre a la faiblesse de croire :*
A. Qu'il est d'une grande beauté
B. Que les ours l'admirent
C. Que les ours ne sont pas corrompus

6. *Le Roi Léonce commence à soupçonner Salpêtre :*
A. Dès que De Ambrosiis lui dit que les ours aussi sont suspects
B. Dès qu'il hume une odeur étrange dans la masure du chambellan
C. Dès que Jasmin lui apporte les poils d'ours découverts à la banque

7. *Dans le tripot, les tricheurs doivent :*
A. Payer une très forte amende
B. Faire la vaisselle sans trêve ni repos
C. Apprendre des poésies éducatives

8. *Le Serpent de Mer a :*
A. Une tête d'hydre
B. Une gueule béante
C. Des yeux globuleux

9. *Salpêtre a le cou tranché :*
A. Par le Serpent de Mer
B. Par Jasmin
C. Par Émeri

10. *Le Roi Léonce a été enterré :*
A. Dans un vert pâturage
B. Dans un bois de sapins
C. Dans un endroit inconnu

Solutions page 151

Sa Majesté l'ours

Si l'on en croit Dino Buzzati, les ours organisent des parades et dansent la farandole... Saurez-vous rétablir la vérité ?

1. *L'ours est un plantigrade ; cela signifie :*
A. Qu'il marche sur la plante des pieds
B. Qu'il grimpe aux arbres
C. Qu'il se nourrit de plantes

2. *Les ours sont :*
A. Carnivores (ils se nourrissent de chair)
B. Herbivores (ils se nourrissent de végétaux)
C. Omnivores (ils se nourrissent de tout)

3. *De ces trois ours, quel est le plus grand ? Et le plus petit ?*
A. L'ours blanc
B. Le grizzli
C. L'ours des cocotiers

4. *Le mot ourson désigne aussi :*
A. Un épais col de fourrure
B. La pelisse des automobilistes d'autrefois
C. Le bonnet à poils des grenadiers anglais

5. *Rendez à chaque ours sa contrée d'origine :*
A. Grand panda   1. Himalaya
B. Ours noir   2. Amérique du Nord
C. Ours des cocotiers   3. Chine
D. Ours à collier   4. Indonésie

6. *On trouve des ours bruns dans les Pyrénées ; ils sont :*
A. Vingt à peine
B. Deux cents environ
C. Deux mille au moins

7. *L'ours de la Préhistoire s'appelle :*
A. L'ours de Lascaux
B. L'ours des cavernes
C. L'ours de Néanderthal

8. *Le logis de l'ours s'appelle :*
A. Un gîte
B. Un terrier
C. Une tanière

Solutions page 152

L'accordéon du temps

Le temps, dans les livres, se comporte d'une étrange façon. Ainsi, la soirée au Grand Théâtre Excelsior est racontée en quinze pages (p. 61-76) alors que treize années s'évanouissent en une page ! (p. 77)

1. Pourriez-vous dire combien d'années se sont écoulées à partir du chapitre premier ?

2. Bien entendu, un narrateur est obligé de prendre des libertés avec la durée et même la chronologie. Quel effet produit le brusque raccourci emprunté par l'auteur ? (p. 77)
- Pourquoi Dino Buzzati choisit-il le moment du vol de la baguette pour reprendre son récit ?
- Quelles conséquences cet événement entraînera-t-il dans la suite de l'histoire ?

Mais où sont les ours d'antan ?

1. Les ours ne sont plus ce qu'ils étaient ! Ils ont fait des progrès, se sont instruits et s'entendent bien avec les hommes. Mais ils se sont alors corrompus, ils ont perdu leur simplicité et leur gentillesse légendaires.

Dans la balance ci-dessous, mettez sur le plateau de gauche ce que les ours ont perdu depuis qu'ils ont quitté la montagne et, sur le plateau de droite, ce qu'ils ont gagné. De quel côté penche l'aiguille ? Le Roi Léonce avait-il tort ou raison de lancer cette expédition ?

2. Imaginez le dialogue entre un ours qui regrette l'air pur et sauvage des montagnes et un ours citadin qui ne quitterait pas Cormoran, même pour une tonne de miel !

Une histoire de racine

1. Cherchez le mot « rhizopodes » (p. 85) dans le dictionnaire. Voici une définition que l'on peut trouver :

> **Rhizopodes :** protozoaires à protoplasme nu, qui émettent des prolongements temporaires (pseudopodes) servant à la locomotion et à la préhension. Les foraminifères et les radiolaires sont des rhizopodes.

Nous n'y comprenons rien ! Et vous ? Peut-être pourrait-on éclairer le sens de protozoaire, protoplasme, temporaire... Si vous êtes décidé à chercher tous ces mots, il faudra peut-être attendre que les ours aient des ailes !

2. Conservez votre dictionnaire et prenez le mot à la racine, car il vient du grec.
- « rhizo » vient de *rhiza*, qui signifie racine
- « pode » vient de *podos*, qui signifie pied
Un rhizopode est donc un minuscule animal qui se déplace grâce à ses racines !
L'étymologie peut devenir un jeu amusant. Retrouvez les racines des mots :
- podomètre
- pédicure
- gastéropode
- pédale.
Les uns viennent du latin *pedis*, les autres du grec *podos*. Tous ces mots, bien différents les uns des autres, viennent donc de racines semblables. A l'aide d'un petit nombre de racines faciles à retenir, vous vous apercevrez que de nombreux mots qui vous paraissaient mystérieux peuvent se comprendre facilement, même si on les rencontre pour la première fois.

Mystère et boule de gomme

1. Trois mystères à résoudre, et deux suspects à filer : De Ambrosiis et Salpêtre. Dans votre précieux carnet d'enquêteur, vous allez ranger en deux colonnes :
- les indices qui rendent suspect De Ambrosiis
- ceux qui nous font soupçonner Salpêtre
En comparant les deux colonnes, pouvez-vous désigner un suspect numéro un ?

2. Comment jugez-vous la manière dont Jasmin a mené son enquête ? Tout au long de l'affaire, on l'a vu se promener un peu partout, l'air de rien. Quelles sont, à votre avis, les qualités d'un bon détective ?

- Pourquoi le Roi Léonce fait-il lourdement erreur, dès le début de l'affaire ?

- Que pensez-vous de la réaction de l'ours qui découvre les poils à la Banque ?

Question monstre

Plusieurs monstres apparaissent dans le livre : le Croquemitaine par exemple, dont l'ombre est aussi noire que les ténèbres de l'orage. Pour imaginer cet animal, Dino Buzzati s'est servi d'un monstre qui fait peur aux petits enfants.

Quels sont les éléments qui rendent le Croquemitaine effrayant ?

- A quels animaux réels ressemble-t-il ?

1. S'il vous fallait, à votre tour, inventer un monstre effrayant, comment vous y prendriez-vous ?

- Sur quel animal réel prendriez-vous modèle : un fauve, un reptile, un oiseau ?

- Serait-il d'une taille gigantesque, ou au contraire minuscule, tapi dans l'ombre ?

- Quel point faible permettrait à un héros intrépide de venir à bout du monstre ?

Vous pouvez enfin mettre face à face le héros que vous avez créé (p. 128) et ce monstre sorti de votre imagination. Qui sortira vainqueur de ce combat de titans ?

2. Voici quelques monstres célèbres dont des héros de légende ont débarrassé la surface de la terre. Êtes-vous capable de remettre les adversaires face à face ?

A. Le bon Roi Léonce	1. L'hydre de Lerne
B. Saint Georges	2. Le dragon
C. Hercule	3. Méduse
D. Thésée	4. Le Serpent de Mer
E. David	5. Le Minotaure
F. Persée	6. Le géant Goliath

Solutions page 152

Dans la gueule du loup

Troll n'a fait qu'une bouchée du pauvre Jojo Maliver (p. 47) et le Serpent de Mer a été capable d'engloutir une petite église, curé et sacristain compris ! Quant au valeureux Émeri, c'est armé d'une bombe qu'il se précipite au fond de l'estomac du Croquemitaine.

Vous connaissez l'histoire de Jonas dans le ventre de la baleine, et aussi, bien sûr, celle de Pinocchio. Racontez, à votre tour, une aventure dans les entrailles d'un monstre marin. Quelles rencontres peut-on y faire ? Comment parvient-on à s'organiser pour survivre ? Laissez libre cours à votre imagination !

Un dénouement tragique

L'avant-dernier chapitre comprend toute une série d'événements qui précipitent la fin de l'histoire :
- Le Serpent de Mer menace la ville
- Le bon Roi Léonce meurt en héros pour défendre son peuple
- Les manœuvres du chambellan Salpêtre sont révélées
- Émeri confond le traître et le tue

1. Quelle morale seriez-vous tenté de donner à l'histoire, juste après avoir lu ce chapitre ? Est-elle différente de celle que l'auteur expose au cours du dernier chapitre ?

2. Selon vous, les ours ont-ils raison de regagner leurs montagnes ? N'y avait-il vraiment aucune solution pour eux ?

Le Roi Léonce a mis treize années à se rendre compte de la corruption des ours. Comment aurait-il pu prévenir cette évolution, s'il s'était montré plus vigilant ?

3. Tout compte fait, le livre ne se termine pas sur une tonalité particulièrement triste. Dino Buzzati a-t-il souhaité se montrer pessimiste ?

La complainte du bon Roi Léonce

Quelle est l'histoire que commence à raconter le vieux patriarche à la fin du roman ? (p. 115) A vous de la mettre en forme. Adoptez la forme d'une complainte répétitive. Pour cela, commencez par faire l'inventaire des principales étapes de l'histoire.
Voici un poème de Robert Desnos qui vous donnera quelques idées pour commencer.

LA COMPLAINTE DE FANTÔMAS

1

Écoutez... Faites silence
La triste énumération
De tous les forfaits sans nom,
Des tortures, des violences,
Toujours impunis, hélas !
Du criminel Fantômas.

3

Cent personnes il assassine
Mais Juve aidé de Fandor
Va lui faire subir son sort
Enfin sur la guillotine...
Mais un acteur très bien grimé,
A sa place est exécuté.

16

Du Dôme des Invalides
On volait l'or chaque nuit.
Qui c'était ? Mais c'était lui,
L'auteur de ce plan cupide.
User aussi mal de son temps
Quand on est intelligent !

23

Dans la mer un bateau sombre
Avec Fantômas à bord,
Hélène, Juve et Fandor
Et les passagers sans nombre.
On ne sait pas s'ils sont tous morts,
Nul n'a retrouvé leurs corps.

Robert Desnos,
Fortunes,
© Gallimard

2
JEUX ET APPLICATIONS
Grille

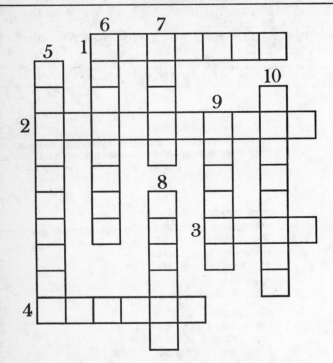

1. L'ensemble des sept couleurs de l'arc-en-ciel
2. Les fantômes n'en ont droit qu'à une par an
3. Personne farouche et peu aimable
4. Celui de la bombe d'Émeri a été aveuglant
5. Crème pâtissière à base d'amande
6. Dépôt qui se forme sur les vieux murs
7. Toile abrasive
8. Fleur jaune ou blanche très odorante
9. Maison de jeu
10. Palmipède au plumage noir

Solutions page 152

D'étranges machines

Pour prendre d'assaut les forteresses du Moyen Age ou de l'Antiquité, il a fallu mettre au point toutes sortes de machines de guerre. En voici plusieurs modèles, parmi ceux qui ont eu le plus... de succès ! Retrouvez le nom de chacun de ces engins, qui ont pour point commun d'avoir été conçus dans le but de détruire.

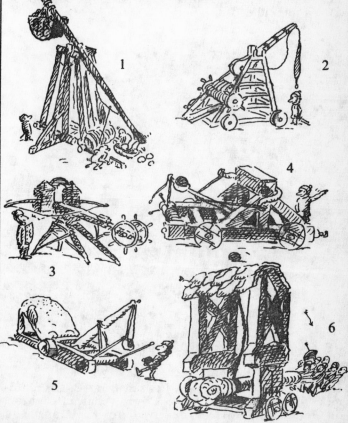

A. Bélier - B. Mangonneau - C. Catapulte - D. Onagre - E. Trébuchet - F. Baliste

Un ourson perdu

Un petit ourson qui descend tout juste de la montagne s'est égaré dans le monde des hommes. Pour lui permettre de s'y retrouver, replacez chaque chapitre du livre dans le lieu où il se passe.

Notez bien que plusieurs chapitres peuvent se dérouler au même endroit ; en revanche, nous avons choisi un événement principal par chapitre : chaque chapitre correspond donc à un seul endroit.

1. Enlèvement de Tonin - 2. Les sangliers - 3. Les fantômes - 4. Le Croquemitaine - 5. Prise du château - 6. Mort du Grand-Duc - 7. Défilé de la victoire - 8. Harangue du Roi - 9. Un palais tout en marbre - 10. Tonin se débauche - 11. Le Serpent de Mer - 12. Départ des ours.

Solutions page 152

Chassé-croisé

Le petit ourson est décidément incorrigible ! Il s'est caché dans cette grille et refuse obstinément d'en sortir. Saurez-vous l'y retrouver ?

Verticalement
1. Fantômes - 2. Un pistolet en est une. Ce pourrait être le cri d'un fantôme - 3. Contredit. Jaune brun - 4. Homme qui se transforme en loup la nuit. L'idéal est d'en avoir quatre - 5. Saouls - 6. Elle... au masculin. La meilleure carte à jouer. Ville sur la Tille - 7. Possédé. Partie de l'oreille - 8. Esprit.

Horizontalement
I. Porc sauvage - II. Demanda poliment - Déchiffrée - III. Ours valeureux - IV. Démonstratif. Presque rond. V. Il est perdu - VI. Quartier de rocher. C'est le b-a, ba - VII. Fils d'un Européen et d'une Asiatique - VIII. Transpires.

Solutions page 153

Charade

Qui est le petit ourson, vous demandez-vous ? Un mauvais plaisantin certes, mais encore ?... Cette charade, à laquelle il ne comprendra rien, vous livrera secrètement son identité.

Mon premier n'est pas léger
Les ânes mangent mon deuxième
Mon troisième sépare mon jardin de celui du voisin
Mon quatrième est un article défini
Mon cinquième qualifie une chose qui n'est pas vieille
Mes sixièmes se cassent pour faire une omelette
Mon septième est le brillant résultat de 1 + 1
Mon huitième n'est pas tard
Mon neuvième n'est pas grand

Et mon tout, vous le savez déjà, c'est le secret de la naissance du petit ourson.

Solutions page 153

Mots magiques

Huit mots magiques se sont dissimulés dans cette grille. A vous de les retrouver et de les entourer.
Sortilège - magie - incantation - nécromant - baguette - talisman - rite - cabale

```
N C O R B A I P E S A
O E G S U H N O R T Y
I F C O S T C V B A N
E T I R E C A B A L E
T R A T O I N U G I N
E T U I R M T B U S A
B I L L G E A P E M S
A S N E I S T N T A I
L N O G T R I E T N R
O S A E B L O C E P A
R M W A C E N T S O S
```

Solutions page 153

3
LES GUERRES
EXTRAORDINAIRES
DANS LA LITTÉRATURE

Les Tambours

Un jour, alors que la ville où cela arriva était encore isolée au milieu des forêts, un tambour se mit à courir les rues en criant : « Nous commençons une vie meilleure, nous partons pour un autre pays ! » Sur leur route cependant, les tambours devront combattre de grands seigneurs qui s'opposent à leur passage.

« Aussitôt ils pénétrèrent dans la ville, vainquirent les guerriers et mirent le feu aux maisons.

Après quoi ils continuèrent leur chemin ; et ceux des bourgeois qui n'étaient pas morts prirent un tambour et vinrent grossir le cortège.

Ils marchèrent, marchèrent, toujours plus loin, vers le pays où le ciel et la terre se rencontrent, où le soleil se couche. Quand ils arrivaient devant un marécage, ils construisaient une route avec les poutres ; au-dessus des rivières ils construisaient des ponts, et ils les démontaient derrière eux. Depuis longtemps déjà les routes étaient devenues trop étroites. Le cortège se déversait maintenant sur toute la région comme un énorme fleuve. Même du haut de la plus haute tour de cathédrale, on n'en voyait pas le bout. Partout à la ronde, on entendait le roulement du tambour aussi fort que le grondement, au loin, d'une mer en furie, et, la nuit, le ciel était rouge au-dessus de leurs feux.

Pour en finir, un roi assembla une armée de cavaliers et voulut barrer la route aux tambours.

– Faites demi-tour et retournez dans vos villes ! cria le roi aux tambours. J'ai derrière moi quatre mille cavaliers !

– Nous sommes innombrables ! répondirent les tambours. Libérez le chemin !

– C'est ici mon pays. Je suis le roi au nom de Dieu et de l'empereur !

– C'est ici ton pays, répondirent les tambours, mais c'est notre chemin !

– Derrière vous, les champs sont dévastés, et la terre est trop dure pour la charrue !

– La pluie ameublira le sol. L'été prochain, le blé aura recouvert notre chemin et on ne verra plus que nous sommes passés par ici.

Pendant ce temps, les premiers tambours étaient arrivés tout contre l'armée du roi. Ceux de derrière avançaient toujours, pareils à un puissant fleuve.

– Faites demi-tour ! cria le roi pour la dernière fois.

Il tira son épée et quatre mille cavaliers éperonnèrent leurs montures.

Nos tambours tombèrent comme des mouches sous leurs lances ; on crut alors que l'armée du roi pourrait arrêter le fleuve ; mais quand un tambour mourait, dix autres arrivaient à la rescousse. Quand le soir survint, la force des cavaliers de fer était paralysée. L'heure avait sonné pour eux de choisir : la mort ou le tambour. »

Reiner Zimnik,
Les Tambours,
traduction de Jean-Claude Schneider,
© Delpire-L'École des Loisirs

Le Roi Mathias Ier

Le prince Mathias doit succéder à son père sur le trône, mais les dignitaires du royaume cherchent à profiter de sa jeunesse pour l'évincer. Mathias, accompagné de son ami Félix, devra donc faire ses preuves par lui-même.

« Une partie du camp était éclairée par de grands réflecteurs, et l'autre partie sombrait dans le crépuscule. Comble de malchance, la pluie commença à tomber et, comme l'herbe était totalement foulée, les pieds s'embourbaient dans la terre gluante.

Mathias n'osait pas s'arrêter afin de ne pas perdre Félix, mais il manquait de souffle, car Félix courait plutôt qu'il ne marchait, heurtant des soldats en passant, et bousculé lui-même dans cette cohue.

– Il me semble que cela doit être ici ! dit subitement Félix en regardant autour de lui avec des yeux à demi fermés.

Tout à coup, son regard tomba sur Mathias...

– Tu n'as pas de pardessus ? demanda-t-il.

– Non, mon pardessus est resté accroché dans le vestiaire royal.

– Et as-tu pris un sac à dos ? C'est donc ainsi que tu sais faire la guerre ! Ce que tu peux être godiche ! s'exclama Félix.

– ... ou héroïque ! répliqua Mathias offensé.

Félix mordilla sa langue, il avait oublié que Mathias était, quoi qu'il en fût, le roi.

Mais il était furieux, ce Félix, car il pleuvait, et les soldats connus de lui qui devaient les cacher dans leurs wagons s'étaient éclipsés : enfin il avait amené Mathias sans l'avoir prévenu exactement de ce qu'il fallait emporter sur la route.

A vrai dire, Félix avait reçu une correction de son père mais il avait un bidon, un canif et un ceinturon, accessoires sans lesquels aucun homme sensé ne peut aller à la guerre. Quant à Mathias, (quelle horreur !) il portait des chaussures vernies et avait une cravate verte autour du cou.

Cette cravate, mal nouée dans la précipitation, et maculée de boue, donnait à sa figure un aspect si lugubre que Félix se serait esclaffé si des pensées inquiétantes, venant peut-être un peu tardivement, ne lui étaient passées au même moment par la tête. »

Janusz Korczak,
*Le Roi Mathias I*ᵉʳ,
traduction de Maurice Wajdenfeld,
© Gallimard

Gargantua

Le roi Picrochole a décidé de conquérir le monde, sous l'impulsion de ses ministres, qui se sont déjà taillé des principautés dans des empires qui restent à conquérir... Après l'échec de plusieurs ambassades, Gargantua lance ses troupes à l'assaut.

« Alors Gargantua monta sur sa grande jument, escorté comme il est dit plus haut, et, trouvant sur son chemin un arbre grand et haut (on l'appelait généralement l'arbre de saint Martin, parce que c'est un bourdon que saint Martin avait planté jadis et qui avait crû de la sorte), il dit :

– Voilà ce qu'il me fallait ; cet arbre me servira de bourdon et de lance.

Et il l'arracha de terre facilement, en ôta les rameaux et le décora pour son plaisir.

Pendant ce temps, sa jument pissa pour se relâcher le ventre, mais ce fut si copieusement qu'elle en fit sept lieues de déluge. Tout le pissat descendit au gué de Vède et l'enfla tellement au fil du courant que toute notre bande d'ennemis fut horriblement noyée, à l'exception de quelques-uns qui avaient pris le chemin à gauche, vers les coteaux.

Gargantua, arrivé au bois de Vède, fut avisé par Eudémon qu'il restait quelques ennemis dans le château. Pour s'assurer de la chose, Gargantua s'écria aussi fort qu'il put :

– Êtes-vous là ou n'y êtes-vous pas ? Si vous y êtes, n'y soyez plus ; si vous n'y êtes pas, je n'ai rien à dire.

Mais un ribaud de canonnier qui était au mâchicoulis lui tira un coup de canon et l'atteignit furieusement à la tempe droite. Toutefois il ne lui fit pas plus de mal en cela que s'il lui eût jeté une prune.

– Qu'est-ce que c'est que ça ? dit Gargantua. Voilà que vous nous jetez des grains de raisin ! La vendange vous coûtera cher !

Il pensait réellement que le boulet était un grain de raisin.

Ceux qui étaient dans le château, en train de jouer à la pile, coururent aux tours et aux fortifications en entendant le bruit et lui tirèrent plus de neuf mille vingt-cinq coups de fauconneau et d'arquebuse, visant tous la tête. Ils tiraient si serré contre lui qu'il s'écria :

– Ponocrates, mon ami, ces mouches-là m'aveuglent ; passez-moi quelque rameau de ces saules pour les chasser.

Il pensait que les projectiles de plomb et les boulets de pierre étaient des mouches à bœufs.

Ponocrates l'avertit que ces mouches n'étaient autres que les salves d'artillerie que l'on tirait depuis le château. Alors, de son grand arbre, il cogna contre le château, abattit à grands coups les tours et les fortifications et fit tout s'effondrer en ruines. De la sorte, tous ceux qui se trouvaient à l'intérieur furent écrasés et mis en pièces. »

François Rabelais,
Gargantua

La Guerre des mots

Léopold lit La Princesse des bois. *Seule tante Augusta pouvait lui offrir un livre pareil ! Soudain, de page en page, les lignes font des vagues ; lorsque Léopold secoue le livre, les mots en tombent...* « Vivent les mots libres ! » *s'écrie le I majuscule de* « Il était une fois ». *La guerre des mots a commencé...*

« – Attention en le dépliant, dit Grave Problème. Ce paquet renferme un engin destructeur ! Aucun mot ne devrait résister face à cette arme suprême !

– Une gomme !

– On peut entrer ? demande quelqu'un.

– Un artiste ! s'écrie Germain des Prés.

Grave Problème et Léopold se renfrognent. Ils ont reconnu Espion. Ses lettres sont maculées de peinture à l'huile.

Il minaude :

– J'aimerais exécuter vos portraits !

Le grillon se montre ravi.

– De face ou de profil ?

En douce, Grave Problème passe derrière Espion.

D'un seul coup, il lui saute dessus pour l'immobiliser.

– Vite ! dit-il à Léopold. Utilisez votre arme !

– Saleté de Problème ! rugit Espion.

Voyant Léopold approcher avec la gomme, il cède à la panique.

– Pitié ! Pas ça... Non ! Non ! Ah ! mon P !

– On ne traite pas ainsi un artiste ! s'indigne Germain des Prés.

Loin de se laisser émouvoir, Léopold gomme Espion avec encore plus d'énergie.

– En voiture ! répète Germain des Prés.

Léopold examine la Cadillac en modèle réduit avec laquelle il avait l'habitude de jouer. Il s'apprête à réaliser l'un de ses rêves en montant à l'intérieur.

La gomme a été attachée sur le toit à l'aide de tiges de marguerite. Il n'y a plus qu'à partir. »

Daniel Depland,
La Guerre des mots,
© Gallimard

La Guerre des mondes

A la fin du XIXe siècle, les Martiens, êtres très supérieurs aux humains, envahissent la Terre afin d'étudier le comportement de ces êtres qu'on appelle les hommes et qui se croient si parfaits...

« Les Martiens ne laissaient rien voir d'eux-mêmes. Ils semblaient très affairés dans leur trou, d'où sortaient continuellement un bruit de marteaux et une longue traînée de fumée. Apparemment ils activaient leurs préparatifs pour la lutte.

DE NOUVELLES TENTATIVES POUR COMMUNIQUER AVEC EUX ONT ÉTÉ FAITES SANS SUCCÈS – tel était le titre que reproduisaient tous les journaux. Un sapeur me dit que ces tentatives étaient faites par un homme qui d'un fossé agitait un drapeau au bout d'une perche. Les Martiens accordaient autant d'attention à ces avances que nous en prêterions aux mugissements d'un bœuf.

Je dois avouer que la vue de tout cet armement, de tous ces préparatifs, m'excitait grandement. Mon imagination devint belliqueuse et infligea aux envahisseurs des défaites remarquables ; les rêves de batailles et d'héroïsme de mon enfance me revinrent. A ce moment même, il me semblait que la lutte allait être inégale, tant les Martiens me paraissaient impuissants dans leur trou. (...)

Vers six heures du soir, je prenais le thé avec ma femme dans la véranda, causant avec chaleur de la bataille qui nous menaçait, lorsque j'entendis, venant de la lande, le bruit assourdi d'une détonation, et immédiatement une rafale d'explosions. Aussitôt suivit, tout près de nous, un violent et retentissant fracas qui fit trembler le sol, et, me précipitant au-dehors sur la pelouse, je vis les cimes des arbres, autour du Collège Oriental, enveloppées de flammes rougeâtres et de fumée, et le clocher de la chapelle s'écrouler. La tourelle de la mosquée avait disparu et le toit du collège lui-même semblait avoir subi les effets de la chute d'un obus de cent tonnes. Une de nos cheminées craqua comme si elle avait été frappée par un boulet. »

Herbert George Wells,
La Guerre des mondes,
traduction de Henry D. Davray,
© Mercure de France

Les Loups et les Brebis

On n'a pas besoin de présenter La Fontaine... Ni de rappeler que, à travers les animaux qu'il met en scène, c'est d'abord des hommes qu'il parle, et qu'il se moque ! C'est un procédé qui vous est maintenant familier, et vous trouverez certainement des ressemblances entre La Fontaine et Dino Buzzati. La morale de cette fable ne pourrait-elle s'appliquer au bon Roi Léonce (pensez au chambellan Salpêtre) ?

Après mille ans et plus de guerre déclarée,
Les Loups firent la paix avec les Brebis.
C'était apparemment le bien des deux partis :
Car, si les Loups mangeaient mainte bête égarée,
Les Bergers de leur peau se faisaient maints habits.
Jamais de liberté, ni pour les pâturages,
   Ni d'autre part pour les carnages :
Ils ne pouvaient jouir qu'en tremblant de leurs biens.
La paix se conclut donc ; on donne des otages :
Les Loups, leurs Louveteaux ; et les Brebis, leurs **Chiens**,
L'échange en étant fait aux formes ordinaires,
   Et réglé par des commissaires.
Au bout de quelque temps que messieurs les **Louvats**
Se virent loups parfaits et friands de tuerie,
Ils vous prennent le temps que dans la bergerie
   Messieurs les Bergers n'étaient pas,
Étranglent la moitié des Agneaux les plus gras,
Les emportent aux dents, dans les bois se retirent.
Ils avaient averti leurs gens secrètement.
Les Chiens, qui, sur leur foi, reposaient sûrement,
   Furent étranglés en dormant.
Cela fut sitôt fait qu'à peine ils le sentirent ;
Tout fut mis en morceaux ; un seul n'en échappa.

   Nous pouvons conclure de là
Qu'il faut faire aux méchants guerre continuelle.
   La paix est fort bonne de soi,
   J'en conviens : mais de quoi sert-elle
   Avec des ennemis sans foi ?

         Jean de La Fontaine,
         Fables

4
SOLUTIONS DES JEUX

Quel chef seriez-vous ?
(p. 123)

Si vous avez une majorité de △ : la réalité ne vous effraie pas, vous savez faire face à l'imprévu, vous seriez un chef très organisé et méthodique. Mais ne comptez pas seulement sur votre bonne étoile, les autres peuvent aussi être de bon conseil !...

Si vous avez une majorité de □ : vous êtes loyal, dévoué, généreux, et vous seriez un bon chef, aimé de tous. Mais gare aux Salpêtre qui pourraient bien abuser de votre gentillesse si vous vous montrez trop naïf.

Si vous avez une majorité de ○ : vous seriez un tantinet tyrannique... Vous adorez commander et supportez mal de partager le pouvoir. D'ailleurs, qui pourrait être chef à votre place ? Personne, bien sûr ! Un conseil cependant : le danger arrive souvent de l'extérieur, pensez à la fin tragique du Grand-Duc.

Dix questions pour commencer
(p. 124)

1 : C (p. 9) - 2 : A (p. 24) - 3 : B (p. 33) - 4 : C (p. 36) - 5 : A (p. 43) - 6 : B (p. 47) - 7 : C (p. 51) - 8 : A (p. 54) - 9 : B (p. 57) - 10 : C (p. 57)

Si vous obtenez plus de 8 bonnes réponses : félicitations, vous êtes un excellent lecteur. Le Roi Léonce vous nommerait volontiers Grand Conseiller au S.C.O.I. (Service Culturel des Ours Intellectuels).

Si vous obtenez de 5 à 8 bonnes réponses : le Roi Léonce serait assez content de vous, mais il vous conseillerait de reparcourir le texte.

Si vous obtenez moins de 5 bonnes réponses : le Roi Léonce vous ferait gentiment remarquer que vous avez survolé trop rapidement un récit historique d'une extrême importance !

Messieurs les noms communs
(p. 126)

1. Le chateaubriand est une manière d'accommoder la viande inventée par le cuisinier de Chateaubriand. 2. Au XIXe siècle, le préfet Poubelle a introduit l'usage de boîtes à ordures à Paris. 3. Inventé par Mansard, l'un des architectes de Versailles. 4. Inventé par MacAdam. 5. Inventé par M. Sax. 6. C'est l'intrus. 7. Recette de gâteau composée par le gastronome Brillat-Savarin au XIXe siècle. 8. Dédale, père d'Icare, a construit le labyrinthe du Minotaure. 9. Son usage fut préconisé par le docteur Guillotin. 10. Lord Sandwich (qui a découvert les îles du même nom) ne voulait pas quitter son jeu et dînait d'un simple... sandwich.

Un héros : Émeri
(p. 128)

A : 2 - B : 6 - C : 1 - D : 5 - E : 3 - F : 4

Au pied de la lettre
(p. 129)

A : 3 - B : 1 - C : 4 - D : 2

Dix questions pour continuer
(p. 131)

1 : C (p. 61) - 2 : C (p. 62) - 3 : A (p. 69) - 4 : A (p. 66) - 5 : A (p. 80) - 6 : B (p. 88) - 7 : C (p. 96) - 8 : B (p. 104) - 9 : B (p. 106) - 10 : C (p. 114)

Si vous obtenez plus de 8 bonnes réponses : vous êtes aussi bon lecteur que Jasmin est bon détective. Vous remportez l'Ours d'Or.

Si vous obtenez de 5 à 8 bonnes réponses : n'en faites pas un drame : vous avez droit à une seconde chance après avoir relu certaines pages !

Si vous obtenez moins de 5 bonnes réponses : lecteur inattentif, vous avez un gage ! Récitez immédiatement une « poésie éducative ».

Sa Majesté l'ours
(p. 132)

1. A
2. C
3. Le plus grand : A ; le plus petit : C
4. C
5. A : 3 - B : 2 - C : 4 - D : 1
6. A
7. B
8. C

Question monstre
(p. 135)

A : 4 - B : 2 - C : 1 - D : 5 - E : 6 - F : 3

Grille
(p. 138)

1. Spectre - 2. Apparition - 3. Ours - 4. Éclair -
5. Frangipane - 6. Salpêtre - 7. Émeri - 8. Jasmin -
9. Tripot - 10. Cormoran

D'étranges machines
(p. 139)

1. Trébuchet
2. Mangonneau
3. Baliste
4. Catapulte
5. Onagre
6. Bélier

Un ourson perdu
(p. 140)

Chapitres 1, 4 et 12 : A - Chapitre 2 : C - Chapitre 3 : B -
Chapitre 5 : F - Chapitre 6 : I - Chapitre 7 : H - Chapitre
8 : G - Chapitre 9 : D - Chapitre 10 : J - Chapitre 11 : E

Chassé-croisé
(p. 141)

	1	2	3	4	5	6	7	8
I	S	A	N	G	L	I	E	R
II	P	R	I	A		L	U	E
III	E	M	E	R	I			V
IV	C	E		O	V	A	L	E
V	T		O	U	R	S	O	N
VI	R	O		E		B	A	
VII	E	U	R	A	S	I	E	N
VIII	S	U	E	S		S		T

Charade
(p. 142)

L'ourson est le neveu de Tonin.
(Lourd - son - haie - le - neuve - œufs - 2 - tôt - nain.)

Mots magiques
(p. 142)

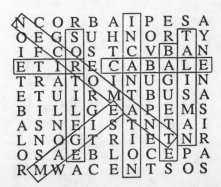

Si vous avez le goût de l'aventure
Ouvrez la caverne aux merveilles
et découvrez
des classiques de tous les temps
et de tous les pays

dans la collection FOLIO **JUNIOR**

Les « classiques »... de vieux bouquins poussié-
reux, dont le nom seul évoque des dictées hérissées
de pièges grammaticaux perfides et des rédactions
rébarbatives ? Pas du tout ! Avec les classiques, tout
est possible : les animaux parlent, une grotte mysté-
rieuse s'ouvre sur un mot magique, un homme vend
son ombre au diable, un chat ne laisse dans l'obscu-
rité des feuillages que la lumière ironique de son sourire ; on s'y préoccupe de trouver un remède contre la
prolifération des baobabs et la mélancolie des roses ;
les sous-préfets y font l'école buissonnière, les cheva-
liers ne sont pas toujours sans peur et sans reproche ;
on s'y promène autour du monde et vingt mille lieues
sous les mers...

La petite sirène
et autres contes

Hans Christian **Andersen**
n° 686

Le roman de Renart I

Anonyme
n° 461

Le roman de Renart II

Anonyme
n° 629

Ali Baba
et les quarante voleurs

Anonyme
n° 595

Histoire de
Sindbad le marin

Anonyme
n° 516

La merveilleuse histoire
de Peter Schlemil

Adalbert **von Chamisso**
n° 630

ALICE AU PAYS DES MERVEILLES

Lewis **CAROLL**

n° 437

LANCELOT,
LE CHEVALIER À LA CHARRETTE

Chrétien de Troyes

n° 546

YVAIN,
LE CHEVALIER AU LION

Chrétien de Troyes

n° 665

PERCEVAL OU
LE ROMAN DU GRAAL

Chrétien de Troyes

n° 668

LETTRES DE MON MOULIN

Alphonse **DAUDET**

n° 450

AVENTURES PRODIGIEUSES DE
TARTARIN DE TARASCON

Alphonse **DAUDET**

n° 454

ROBINSON CRUSOÉ

Daniel **Defoe**
n° 626

TROIS CONTES

Gustave **Flaubert**
n° 750

SALAMMBÔ

Gustave **Flaubert**
n° 757

LE ROMAN
DE LA MOMIE

Théophile **Gautier**
n° 465

LE HARDI PETIT TAILLEUR

Grimm
n° 715

LE VIEIL HOMME
ET LA MER

Ernest **Hemingway**
n° 435

COPPÉLIUS
ET AUTRES CONTES

Ernst Theodor Amadeus **Hoffmann**
n° 734

LA GUERRE DE TROIE
(EXTRAITS DE L'ILIADE)

Homère
n° 729

VOYAGES ET AVENTURES
D'ULYSSE
(EXTRAITS DE L'ODYSSÉE)

Homère
n° 728

HISTOIRES
COMME ÇA

Rudyard **Kipling**
n° 432

LE LOUP
ET L'AGNEAU

Jean de **La Fontaine**
n° 654

TRISTAN ET ISEUT

André **Mary**
n° 724

DEUX AMIS
ET AUTRES CONTES

Guy de **Maupassant**
n° 514

COLOMBA

Prosper **Mérimée**
n° 655

CARMEN

Prosper **Mérimée**
n° 684

CONTES
DE MA MÈRE L'OYE

Charles **Perrault**
n° 443

DOUBLE ASSASSINAT DANS LA RUE MORGUE
suivi de LA LETTRE VOLÉE

Edgar Allan **Poe**
n° 541

POIL DE CAROTTE

Jules **Renard**

n° 466

CYRANO DE BERGERAC

Edmond **Rostand**

n° 515

LE PETIT PRINCE

Antoine de **Saint-Exupéry**

n° 100

PAUL ET VIRGINIE

Bernardin de **Saint-Pierre**

n° 760

LES MALHEURS DE SOPHIE

Comtesse de **Ségur**

n° 496

UN BON PETIT DIABLE

Comtesse de **Ségur**

n° 656

FRANKENSTEIN

Mary **Shelley**

n° 675

L'ÎLE AU TRÉSOR

Robert Louis **Stevenson**
n° 441

PREMIER VOYAGE DE GULLIVER

Jonathan **SWIFT**
n° 568

DEUXIÈME VOYAGE
DE GULLIVER

Jonathan **SWIFT**
n° 667

LE TOUR DU MONDE
EN QUATRE-VINGTS JOURS

Jules **VERNE**
n° 521

VOYAGE
AU CENTRE DE LA TERRE

Jules **VERNE**
n° 605

DE LA TERRE À LA LUNE

Jules **VERNE**
n° 651

Aᴜᴛᴏᴜʀ ᴅᴇ ʟᴀ Lᴜɴᴇ

Jules **VERNE**
n° 666

Vɪɴɢᴛ ᴍɪʟʟᴇ ʟɪᴇᴜᴇs
sᴏᴜs ʟᴇs ᴍᴇʀs I

Jules **VERNE**
n° 738

Vɪɴɢᴛ ᴍɪʟʟᴇ ʟɪᴇᴜᴇs
sᴏᴜs ʟᴇs ᴍᴇʀs II

Jules **VERNE**
n° 739